我想和你在一起

I want to be with you

卢思浩 主编

MOOK「告白」

北京联合出版公司
Beijing United Publishing Co.,Ltd.

图书在版编目（CIP）数据

我想和你在一起 / 卢思浩主编 . — 北京 : 北京联合出版公司 , 2016.8（2018.12 重印）

ISBN 978-7-5502-8263-6

Ⅰ . ①我… Ⅱ . ①卢… Ⅲ . ①中国文学 – 当代文学 – 作品综合集 Ⅳ . ① I217.1

中国版本图书馆 CIP 数据核字 (2016) 第 156537 号

我想和你在一起

主　　编：卢思浩

责任编辑：昝亚会　夏应鹏

封面设计：@_ 叁囍

北京联合出版公司出版

（北京市西城区德外大街 83 号楼 9 层　100088）

北京市雅迪彩色印刷有限公司印刷　新华书店经销

字数 190 千字　880 毫米 × 1230 毫米　1/32　7.75 印张

2016 年 8 月第 1 版　2018 年 12 月第 5 次印刷

ISBN 978-7-5502-8263-6

定价：39.80 元

[序] 世界是一封情书

1

2009 年，我去南京，陪一个好朋友上课。

他问："你看到第一排的那个女生了吗？"

我问："怎么了？"

他说："那就是我喜欢了两年的姑娘！"

我说："去告诉她啊！"

他思前想后，说："现在，我怕我会辜负她。"

2011 年，我去北京拍照，他已经在北京生活一阵了。

我们约着喝了几杯，在凌晨四点等天亮。北京的清晨，总让人恍惚，抓不住 6 月的风，看不清眼前的朝阳。他看着天渐渐变亮，举起酒杯自顾自地喝了一口，说："她现在应该也醒了。"

我问："谁？"

他第一次在我面前腼腆起来："就是我跟你说的那个姑娘。"

我拍拍他的肩膀，说："可以啊，加油。"

他点头："我想和她一起努力。"

2013 年，我在北京进行第一场签售，他带着姑娘一起来了。

从下午一点多到晚上，他俩一直等着我。晚上，我找到他们，不好意思地说："抱歉让你们等这么久。"

他说："没关系。"

他转头对姑娘说："这就是我跟你说的那个好朋友。"

姑娘伸出手，笑靥如花："你好，我总听他提起你。"

我跟她握手说："我也总听他提起你，从 2009 年开始，这么久。"

姑娘说："其实我知道。"

吃饭时，他说："那时我喜欢她，可是我怕辜负她。"

她说："那时我知道他喜欢我，可是我怕我们不能走到最后。"

我问："然后呢？"

他说："'我喜欢你'这句话太轻微，'我爱你'这句话太沉重，'我想和你一起努力'就刚刚好。十万句我会怎么怎么样，不如做到十句。"

当天晚上，我直接飞去哈尔滨，记得机场里人来人往。下飞机时，没人来接我，我也没怎么睡醒，迷迷糊糊的。只是拖着行李出来时，恰好注意到门口的一个小姑娘，因为她突然跳了起来，一下扑到了她男朋友怀里。

过马路能有多快，取决于对面有谁在等你。等待如果有结果，花费的时间都值得。

若是你在身旁，下雨也是好天气。

2

有阵子到处旅行，看完日出看日落，看完河流看大海。有时想拿出手机拍一下眼前的风景，却不知道应该分享给谁。

想起以前曾经有个人，我们总是互相分享美景，谁也不觉得腻。后来，那个人离开了我的生活。从此，我对着美景再也不知道跟谁说话。

世界是一封情书。

或者说，世界本该是一封情书的。

你喜欢一个人时，山不再是山，水不再是水，而是你想与她分享的风景；歌曲不再是歌曲，电影不再是电影，每一句歌词、每一帧画面都是你想跟她表达的情绪。

终于明白，明信片不见得那么有意义，摩天轮也不是非得去坐，而是你与那个人在一起。

花开就是开篇，花落就是一行，日出是一首诗，黄昏是一句台词，世界都是一封情书，诗情画意。你把这封情书送给她，因为她就是这画面里最美的一行。

“喜欢”是多么美好的一个词，可比起告白，我们更多在面临告别。

有时想想，为什么喜欢一个人总是说不出口？

或许，这就是我们这些笨拙之人的生活方式。

那么，也就只有你知道，当你打开手机时，你是多么想给她发一条信息。

简简单单三个字："我想你"。

3

于是，我召集了我所有的好朋友，定下了"告白"这个话题，想听听每个人心中的告白。

有一天，张嘉佳一边吃夜宵，一边跟我聊天，说："思浩，你喜欢一个人时一定要用心喜欢，这样你每天都有一万种欢喜。"

用心喜欢，用心欢喜。

而看到这本书的你，一定都有一个喜欢的人。

世界上人那么多，你们却能遇到彼此，一定是耗费了所有的好运气，才能遇到闪闪发光的那个人。

一定会有那么几个人的，你还是愿意一大早起来赶车、赶高铁、赶飞机，你拎着重重的箱子横跨小半个中国，就为了跑过去跟她见一面，吃个饭，然后聊会儿天。而她也会放下手里的工作，去车站接你，给你一个拥抱，然后骂你："你怎么这么晚才来看我？"

而你翻山越岭去到她的身旁，就为了说那么一句："我想和你在一起。"

我想和你在一起，因为你的眼睛就像万家灯火，里面住着一个我。

我想和你在一起，因为就算最黑的夜，我也知道你就在这里。

我想和你在一起，从现在到以后。

我想和你在一起，就像我困倦时听到的那首歌，就像我在海边看到了日出，就像我在水里看到了船，这就是你对我的意义。

那么，希望这本书可以给你勇气，不要像我一样在最好的年纪里失去了机会；希望这本书可以给你好运，想珍惜的人就在身旁，不管是朋友、恋人，还是亲人。

总有人会跟你喜欢一样的歌、一样的电影，有同样的小情绪，有同样别人无法理解的小习惯。人生不过一场阴差阳错的好运气，原来你也在这里。

Contents

目录

世界是一封情书

The world is a love letter

I want to be with you.

我想和你在一起

By 卢思浩

恰好路口，你也在等着那个红绿灯；恰好今天，你也听着那首我喜欢的歌；恰好旅途，你也经过那个车站。你纠结，我恰好笃定；你难过，我恰好能哄你开心；你失眠，我恰好陪你一起醒着。我们能遇见的人，一定都有原因。所以，每次遇到对的人，都像久别重逢。所以，兜兜转转，我们都在等能一起欣赏世界的那个人。

from 卢思浩

1

2005 年，刚转学的何小莹第一次遇到陈曦。

那时，小莹一个人坐在新教室里，很想找个人说说话，可大家三三两两早就相识聚在一起，小莹根本插不上话。她心里一阵失落。就在这时，有个男生跟她打招呼，她看到了伸过来的手，听到了那一句："你好，你是新转来的同学吧，我叫陈曦。"

小莹却突然有点恍惚，忘记了回握，说出的话也结结巴巴："你……好……我叫何小莹。"

晚上放学，小莹一个人默默地收拾书包准备回家。没多久，陈曦又跟她打了招呼。两个人顺着路一直走，才发现他俩住在一个小区。

陈曦说："太好了，这样我们以后每天都可以一起上下学了。"

小莹涨红了脸，不知道怎么回应。

从此，陈曦每天都会在小区门口等她。两个人骑着自行车，有时说说笑笑，有时又因为赶着上课一路飞奔。那时，小莹对陈曦产生了一种类似好感的情愫，可她压根儿没往那方面想。

她情窦初开，懵懵懂懂，压根儿就没搞懂自己在想些什么。

有天早上，他们一起上学，在小区门口看到两只流浪猫。

我们这儿的冬天，总是有很多流浪猫抱团取暖，大家见怪不怪，每个人都是行色匆匆。陈曦那天也只是路过，看起来一如往常。只是他突然停下了脚步，小莹看着他匆匆跑进便利店，不一会儿拿了两根火腿肠出来。

陈曦又跑回小猫身边，轻声说："我给你们买吃的来了。"

流浪猫怕人，一直远远地不敢靠近。

陈曦就那么一直蹲着，小心又耐心地把火腿肠慢慢扔给小猫。

小莹就这么傻傻地看着，忘了风把她的发型吹到凌乱。等到陈曦抬头看到小莹，一拍脑袋说"小莹，对不起，让你等了这么久"时，小莹才回过神来。

那天，陈曦围着一条黑色围巾，侧脸特别好看，小莹就这样心脏漏跳了一拍。

我们在学生时代喜欢一个人是因为什么呢？

大概都是因为细节，可能他穿了一件白衬衫，可能他是第一个跟你讲话的人，可能他在黑板上写字的模样很好看。而你开始也可能只是很在意他，你想知道他什么时候从你身旁路过，你想知道他到底喜欢什么。然后，某天夜晚，你发现睡前脑海中总是浮现出他的脸。

于是，小莹在每天睡前，都会想起陈曦。

她终于明白，这不叫花痴，叫喜欢。

2

小莹想了很久，到底要不要去表白。

原本不迷信的她，开始相信星座和血型；原本大大咧咧的她，开始研究陈曦的每一个习惯。

爱是天时地利人和的迷信，于是她告诉自己，如果第二天六点整准时自然醒，她就去表白。

第二天她醒过来，一看手表，正好是早上六点。

她想：我要告诉陈曦我喜欢他。

她早就在心里把要对陈曦说的话排练了几百遍。

那天晚自习一下课，她就冲下楼跑到陈曦的自行车旁，小心翼翼地把写好的小纸条夹在后座上。接下来的一节晚课，小莹已经忘记了自己是怎么度过的。终于挨到放学，她第一个冲下楼，假装取自己的自行车却一直看着陈曦那头。终于等到陈曦下楼，他熟练地取车，纸条却在震动中飞走了。

小莹“啊”了一声，陈曦问：“怎么了？”

她支支吾吾不知道该说什么，陈曦摸摸头，说：“走吧。”

他没有发现小莹满脸通红。

小莹不死心，她一拍脑门，这就开始写情书，写了两个晚自习还不够，回家又开着台灯写了一整晚。

写完已将近凌晨，但她一点都不困，在脑海中上演了无数剧情。就这么着，她抱着信在想象中睡着了。第二天，她被闹钟唤醒，一看已经六点半，拿着两个包子匆匆出了门。刚下楼梯，她就看到陈曦站在自行车旁跟她打招呼，边笑边说：“今天怎么这么晚，赶紧出发吧，不然来不及了。”

她这才发现自己的信落在了枕边，没来得及带下来。

她因为这事儿忐忑不安了一整天，晚上放学，她没顾得上陈曦，一路骑车飞奔回家。

万幸的是，那封信还好好地在她枕边躺着，没有被打开过的痕迹。

她想，如果爸妈知道她写的是什么，非禁足她几天，再勒令两个人不准见面不可。

这一晚，她把闹钟设置提早了半小时。事实上，她一整晚翻来覆去压根儿没有睡着，所以闹钟一响，她立马就从床上蹦了起来。她吃完早饭，给陈曦带了他最爱的酸奶，骑着自行车到他家楼下等他。她把车停在一边，一个人坐到路边的凳子上，拿出那封信反反复复地看。她就这么把信看了一遍又一遍，然后自顾自地笑着。

可没想到一场大雨就这么突如其来，淋湿了她，也淋湿了那封信。等到她回过神来跑到屋檐下时，信上的字迹已经模糊不清。她突然间不知道怎么办了，眼泪流下两行。等到陈曦出现，她下意识地把信丢进了书包。

她想：还好今天下着雨，陈曦看不出来我在哭。

不知道为什么，小莹突然不想表白了，好不容易鼓起的勇气突然间消失无踪。

她想，或许老天都想让她先好好学习，死了这条心，以后再说吧。

只是她反复地想，如果那天她伸出手，会不会就不是现在这样的结局？

她知道自己只是在给自己找一些其他的理由，可那时她就是这么自责着。

第二天，她早早起床，问陈曦："你想考什么大学？"

陈曦说："南京大学，我一直很喜欢南京。"

小莹仔细盘算着自己的成绩，心里一沉。在那天一起骑车去学校的路上，她骑得慢了些，看着陈曦的背影越来越远。陈曦突然停下车，把车停到一旁，跑回来问她："怎么了，是不是身体不舒服？"

小莹就这么突然暗下决心，她不要再看着他的背影，她要走到他身旁，就算还是说不出口"我喜欢你"，她也要跟他并肩在一起。

3

我最佩服小莹的就是她若认准了一件事，就能拼了命地做下去。从此，每节课后她都在座位上一动不动，对着习题做到笔尖冒烟。不愿意做的题也能逼着自己做下去，每天生生能写下半本笔记。

2007 年，他们毕业。我爸妈跟小莹的爸妈是好朋友，我们一起吃饭时，我问小莹："小莹，这次考试考得怎么样？"

小莹笑靥如花："思浩，这次我一定能去南京。"

吃散伙饭时，大家都喝多了，空气中都是离别的味道。

陈曦搂着小莹说："我们又能在南京见面了，真好。"

小莹在心里说："是啊，如果你知道你是我全部的动力就好了。"

不知道是谁先哭了起来，瞬间，大家都哭成一团。

陈曦问："小莹，你说我们上了大学之后会变成什么样子？"

小莹已经喝得满脸通红，靠在陈曦的肩膀上说："我不知道，但我想我们会过得很好吧。"

陈曦问："你说我们俩会不会在一起？"

小莹却没有听到这句话，她就这么睡着了。

两个人再一次错过。

第二天，他们约好去唱歌。陈曦问她："小莹，你还记得我昨天说了什么吗？"

小莹皱着眉头想了半天，抬头问："你是不是说我坏话了？"

陈曦哈哈哈笑，说："没有，我说你可美了。"

我记得那天他们一起唱了《七里香》。

"窗外的麻雀，在电线杆上多嘴，你说这一句很有夏天的感觉……"

那年的夏天，写满的是离别。

小莹突然想起自己在高考前一次考试考砸了，晚饭时，她就一个人跑去了操场的角落，背对着人群哭了很久。哭着哭着，她听到耳边有音乐声，原来是陈曦把另外一个耳机给了她。

那时候，耳机里放的就是周杰伦的《七里香》。

陈曦说："别哭，又不是高考，只是模拟考而已，我们都还有时间。"

于是，她就靠着这句话，硬生生地在高考中杀出了一条血路。

那是一条她在高二前从没想过自己能走到的路。

4

2007 年的 9 月，他们就这么一起到了南京。

小莹原本想的是堂堂正正地站在陈曦身旁，告诉他一句"我喜欢你"。可没想到两个人不是一个专业，瞬间就有了距离，每天见面都是个问题。原本一起骑车上学的日子突然间到了头，小莹想，这辈子可能都没有机会跟陈曦在一起了。

或许经历了前两次失败的告白，她也不知道再怎么开口了。

陈曦越来越忙，刚进学校就报了各种社团，而小莹本身基础不够扎实，为了学分一头扎进了图书馆。慢慢地，小莹觉得两个人之间的差距越来越大，恰好听说有个姑娘在追陈曦，她想这样也好，至少陈曦得和能跟他站在同一高度的人在一起。就算她拼死杀出了一条血路，她也依旧在他的身后。

很快，他们迎来了元旦，两个人一起坐长途汽车回家。

陈曦坐在她身边跟她打趣说："小莹，你这阵子是不是刻意躲着我？"

小莹为自己辩解，说自己每天都泡在图书馆，又不像他那样还有余力参加那么多活动。

接着，就是一段死一般的沉默。

小莹一直在想要不要开口问他是不是有个姑娘在追他，那个姑娘怎么样，要不要跟那个姑娘在一起，可她就是没法开口问那么一句。

陈曦突然说："小莹，我最近喜欢上一个人。"

小莹大脑一片空白，整个人都颤抖了一下。过了一会儿，她才开口问："是那个在追你的女生吗？"

陈曦故作惊讶，说："你怎么知道这件事？"

小莹笑着说："哎呀，你这件事情我们很多人都知道，你是我们宿舍所有人讨论的对象，那个女生不错，听说她……"

陈曦就看着小莹这么手忙脚乱地说着，把手边的一只耳机塞进了小莹的耳朵。

还是那个熟悉的旋律。

陈曦凑到她耳边说："是你。"

小莹一瞬间没有反应过来，问："你说什么？"

陈曦咧着嘴笑着，然后冲着小莹一挑眉，自顾自地闭上眼睛睡觉。

汽车快到站的时候，陈曦醒过来，对小莹说："小莹，其实我早就对你表过白了。"

小莹不敢相信，问："什么时候？"

陈曦说："在散伙饭上，那天你睡着了。"

我记得那年没有高铁，从南京回家要三个小时。

那是小莹第一次不觉得累。

后来，小莹问陈曦："你是从什么时候喜欢上我的？"

陈曦说："从一开始就喜欢上了。"

小莹想问："那你为什么不一开始就说？"

陈曦仿佛看穿了小莹，说："怪我怪我，那时候，我看你发愤读书，都不怎么理我，我还以为你压根儿就不喜欢我。"

小莹笑得很开心，说："那是因为我想跟你一起去南京大学。"

5

小莹作为一个文艺女青年，特别喜欢各种艺术展。

有一天，他们约好一起去看艺术展。刚走出学校大门又是一场大雨，两个人躲到附近的屋檐下，怎么等出租车都等不到。雨过天晴，小莹看了眼手表，突然一阵难过，她等这场艺术展等了三个月，可就因为这场大雨泡了汤。

陈曦说："没关系，我们下次再去看。"

小莹弱弱地说："这是只有一次的展览，以后就没有了。"

陈曦突然拉起了小莹的手，一路狂奔到附近的一幢大楼的楼顶。两个人在楼顶坐着，陈曦突然开口说：“你看，这是我们附近最高的一幢大楼，那儿就是我们的学校。你看那是你上课的地方，这是我上课的地方。你看那是我的宿舍，那儿是你的宿舍。你猜我现在能看到什么？”

小莹不知道陈曦要说什么，呆呆地回了句：“嗯？”

陈曦开口说：“我能看到我们每天一起走的路。”

小莹轻轻推了下陈曦，说：“你拉倒吧，这儿连下面的马路都看不清。”

陈曦认真地看着小莹说：“你闭上眼睛就能看见，相信我。”

小莹就这么闭上眼睛，一起走过的路就这么浮现在眼前。

太阳快落山了，屋顶被染得金黄。小莹轻轻地把头靠在陈曦身上，她觉得自己身边的人就像晨曦一样，是世上最好的风景。

陈曦轻轻搂着小莹，他想就在此时此刻，世界上一定有一束烟花绽放着。

是为了他们绽放的。

他就是这么毫无缘由地，确信着。

6

2010 年，两个人升上了大三，开始准备考研。

命运跟小莹开了个玩笑，这次她没有办法再杀出一条血路。无论她怎么复习，就是考不上陈曦想要考的大学。

陈曦说："其实，我可以不走的。"

小莹看着陈曦的眼睛，说："没关系，我不怕距离，我等你回来。"

2011 年，陈曦去了北京，小莹留在了南京。

两个人开始了异地恋。

小莹其实一直很难过，但她不敢也不想在陈曦面前表现出来。他们两个人好不容易在一起，兜兜转转好多年才明白各自的心意，她不想在这段感情里添加一点点会导致裂痕的因素。

那时，小莹开始无比依赖起手机，哪怕刷牙也看着，就为了等陈曦的信息。

好不容易两个人都忙完可以打电话了，不是陈曦困了，就是小莹说着说着话就睡着了。

那时，两个人都很忙，小莹忙着四处找实习单位，陈曦在努力适应北京的生活。

有好几次，小莹半夜醒来，看电话还通着，她总是很小声地跟陈曦打招呼，怕吵醒他却又小小地期待着他还没睡着。最后，她总是默默地挂掉电话。

陈曦很喜欢北京，她能从电话里听出来。陈曦总是说着他在北京见到的一切，小莹在电话这头努力想象，却总是有偏差。

有时，陈曦发来一张照片，小莹总在想，如果她也在就好了。

小莹总是不止一次地后悔着，为什么当初不跟陈曦一起去北京。

为什么呢？她也不知道。她想，如果她努力说服爸妈，努力再考几次，她一定能去北京，那么她现在就会在陈曦身边。

小莹什么都不说，她就这么忍着自己的负面情绪。她总是对陈曦报喜不报忧，也不知道该怎么描述她想他。终于有一天，小莹没忍住，在和陈曦打电话时说了一句："如果你在就好了，我今天特别难受。"那天，她因为一个小错误，被上司骂得狗血淋头，一个人坐在台阶上哭了很久。

这个世界上，最怕的，是当你最需要爱的时候，你需要的那个人，却不在。

在他俩之间横着的，是北京到南京的距离。那时，小莹还不懂，觉得北京在遥远的另一头，是要坐十几个小时的火车，是要翻越几十个山头，是一千多公里的距离，是她想他却不能立刻飞到他身边的远方。

陈曦在电话另一头一直很忙的样子，他说："小莹你等等，我正在走路。"

小莹突然间心一沉，心想这时候他为什么不能停下脚步跟自己好好说句话。

她想起那时候自己偷偷哭，是陈曦给她另一只耳机，现在他不在身边，竟连她的话都不好好听完。

她想说的话，突然间烟消云散，她想表达的情绪，突然间都没有了。

她就这么说了一句："没事了，那你继续忙吧，我挂了。"

那天夜里，她时隔很久再一次失去了睡眠。

第二天一早，她被电话铃声吵醒，是陈曦打来的。她还生着气，打算接了电话一句话都不说，却听到陈曦说了句：“我到南京了，你快来接我，我所有的钱都用来买车票了。小莹，你可要负责。”

小莹在电话这头笑出声来，她挂完电话在家里蹦跶了三圈，然后才匆匆出门。

小莹一路赶到车站，一眼看到了比她高一头的陈曦。

陈曦一脸坏笑地跟她打招呼，说：“怎么样，想我了吧？”

小莹忍住眼眶的眼泪，说：“才没有。”

陈曦一把抱住小莹，说：“好了，是我想你了。”

小莹再也没有忍住眼泪。

送陈曦走的时候，小莹说：“陈曦，我还是怕。”

陈曦笑着问：“怕什么？”

小莹说：“我怕我赶不上你的脚步，我怕你的未来没有我，我怕你跟我在一起不开心。”

陈曦说：“你知道我这次坐火车来要多久吗？要十四个小时。可这十四个小时的赶路却是我最开心的时候，因为我知道我要见的人是你。”

7

小莹很爱哭，她又一次哭是在她的婚礼上。

是的，当着我们所有人的面。

2014年，他俩终于结束了异地恋。

陈曦给小莹打电话，说："三年了，你想死我了吧？"

小莹说："才没有。"

陈曦说："我明天的飞机，你要来接我知道吗？"

小莹在电话这头笑着，说："好好好。"

婚礼那天，我也去了，和包子这个"万年单身狗"一起去的。我们一本正经地给他们份子钱，我说："小莹，你好好数数，记得我结婚的时候要双倍地给我。"包子说："你们就别数了，卢思浩这辈子不会结婚的！"

我冲着包子一顿追打，绕了会场一圈又一圈。

终于，我俩气喘吁吁，婚礼也快开始了。

那是我见过的最漂亮的何小莹。

大屏幕上放着他们从以前到现在的合照，从穿着校服到现在结婚，从两个稚气未脱的孩子到变成穿着礼服的大人。包子在一旁感叹："能从高中谈恋爱谈到现在，真好啊。"

我一边鼓掌一边点头："是啊，真好。"

有多少人的感情，可以从学生时代一直到步入社会，又有多少人最后能够修成正果呢？我不知道。或许有统计学家统计过，但一定不会有那么多。

人们都说爱情很容易被现实打败，于是人们分分合合，再也没找回心动的感觉。

可我从小莹的眼神里看到了那种感觉，就像她第一次看到陈曦那样。

陈曦在台上说着自己的结婚誓词，他说："小莹，从我们第一次认识到现在快九年了。九年来，我们一起走过高中，走过大学，然后走到现在。我没有告诉你，其实我的行动很早就应该告诉你了。那时候，我每天等你一起上学，不是因为顺路，而是我想跟你一起上学。我想有你陪着，我想和你说话。有时候，我甚至想，如果我们离学校再远一点就好了，这样我们就有更多的时间在一起了。谢谢你把你的时间给了我，我嘴笨，不知道怎么告诉你我爱你，所以只能让那么一首歌告诉你。你还记得我常给你听《七里香》吗？其实我一直想给你听那句，'你是我唯一想要的了解'。小莹，你还记得后来我们到了大学，我们还总是一起骑车吗？对了，今天我没有开车去接你，我是骑着车去接你的，你一定在想陈曦怎么这么小气吧？其实，我想告诉你，我喜欢你，我从那时候就喜欢你，我想把我全部的时间都给你。

"那么你愿意吗？"

突然，小莹脑海中回想起那两年的暗恋，她在课本里写下了无数次陈曦的名字。那时候，她从来不用闹钟，因为陈曦就是她的闹钟。那天，她一个人在操场偷偷哭，满脑子都在想不能跟陈曦去同一所大学了。她想起那天他们一起看夕阳，她第一次靠在陈曦的肩膀上。她想起那次他们一起去看演唱会，陈曦第一次偷偷亲她。她想起那天她一个人坐在台阶上哭，想要靠在陈曦的肩膀上。她想起那三年的异地恋，她每天都在想他，她每一秒都想奔到他身旁。

只有她自己知道，有多少个夜晚她都想飞奔到他身旁。那感觉像是：春天的风吹过脸庞，夏天的雨伴着泥土的味道，秋天的落叶一路点缀着街道，冬天的午后和那点慵懒的阳光……这些都比不上你在我身旁。

她看着眼前的人，很庆幸还好自己青春里喜欢的是他。

何小莹接过司仪递过来的话筒，从身上掏出一封信。

那天，她想要对陈曦表白，却突然淋了一场雨。那时，她写了很多很多字，却已经模糊不清。

她说："陈曦，这封信是我高二时写给你的。它这么皱不是因为时间久了，而是因为那天我淋了雨。你看这整整两页纸，好多话我现在都不记得了，也看不清了。但是，有一句话它一直在那儿。你看，就是这么一句话，让我经历了那么多等待，让我努力、让我坚持、让我相信、让我等待，让我度过了一天天没有你的日子。"

陈曦接过那封信，眼泪流了两行。

在那张皱得发白的信纸上，许多字迹都被雨水打湿，只有最后一句话还清晰可见：

"我想和你在一起。"

日夜交替，永远有光，永远照耀前进的人。他们破产，他们重建，他们终于习惯异国他乡。

我不知道什么时候能遇见你，我不知道什么场合会遇见你，但我想着总有一天我会遇见你，所以我每天都充满动力。一旦相逢，天荒地老。

from 卢思浩

1

去商场买行李箱，刷卡老刷不出来。店员小心翼翼地说：“先生，是否余额不足？”

我说：“怎么可能？如我一般富可敌国的人，给你买嫁妆都绰绰有余。”

再刷一次，依然失败。店员说：“先生，你去提款机检查一下吧。”

也好。出门右拐，插卡输密码一看，冷汗下来了，只剩四百块钱。我能感觉到店员在后方注视我，仿佛正等我给她买嫁妆。

打电话到公司，节假日财务没上班，转账转不出来。我努力冷静，翻翻通信录，发现这座城市里比较好说话的熟人有宋文静。

老子做梦都没想到，三年不见，她已经不好说话了。

我反复强调，各地奔波，有堆用不上的衣服要快递走，所以想买个行李箱。

她借我五千块钱，三千块钱买箱子，指定剩下两千块钱，今晚要请她喝威士忌，十八年的白州。

酒尽人散，我们在路边等司机。

我说：“这箱子真贵。”

宋文静说：“这个世界上的东西，你可以嫌它色调不对、做工不精、材料不行，就是不能说它贵。只要你觉得贵，就说明它本来就不是卖给你的。”

我暴跳如雷：“你这话的意思，就是穷 B 买什么名牌，自取其辱？”宋文静说：“三千块钱的箱子能算名牌？”

我暴跳如雷：“名牌了不起啊，老子也是喝过可口可乐的人。”

宋文静赶紧安抚我：“别生气，别生气，真正的名牌我也买不起。”

我说：“你穷 B！”

她说：“我穷 B，我穷 B！”

2

从某一天开始，你突然发现两件事情。你要面对生离死别，参加着婚礼和葬礼，路过着站台和码头，焦灼于睡眠，徘徊于信息，每次的相遇和分开都意味深长。日子无常又决绝，然而你还没有长大。

“长大个屎。”宋文静如是说。宋文静天生透明，由内而外，整天瞪着眼，傻子一样生活着，接受每个人的指挥和使唤。

好久不见，宋文静。

她性格很跳很跳，朋友聚会都靠她上蹿下跳，拯救气氛。她胆子很小很小，看起来张牙舞爪，其实吃亏便闷声不吭。别人说的话里有一点点不愉快，她就紧张到死，绞尽脑汁示好。

我问她："你这么关心别人的感受，自己会不会很累？"

她说："我也没办法，情不自禁。"

我说："你的上升星座是双子，过了三十岁应该好一点。"

她说："真的吗？"

我说："去他妈的命运，这个世界属于科学，让我们一起破除迷信。"

第一次见宋文静，我们聊天吹牛，她在旁边用铜勺烫皮蛋。

彼时，牛德华叙述他订婚未遂的段子，挺可怜的。他的女朋友在苏州要置业，他立刻把老家的自建楼卖掉，工作辞掉，携款奔到苏州采购一套园区房。刚以为尘埃落定，女方父母说，必须再买一套学区房。

讲到这儿，牛德华闷了口伏特加，说："其实付出是可以无限的，对方有一点回应，就能持续下去。比方说，如果我女朋友劝劝父母，稍微拖一拖，那么我可能就继续拼命了。"

但女朋友跟他走到马路口，走到她家楼下，红灯转绿灯，站站停停那么久，说了一句："随便你。"

牛德华说："不用对方一起冲上战场，只需一句鼓励，我依然会伫立在她面前。然而没有，于是没法再有。"

说完，牛德华喝光了一瓶伏特加。大家看惯了惨剧，安慰两声："当没发生吧。喂，你喝得最多你埋单。"

结果，宋文静跳起来释放战斗力了。她指着牛德华说："凭什么要回应啊，谁规定的？"

宋文静兴致勃勃地说："爱情不需要平等，人与人之间能爱的程度不一样。你爱到一百分，这是你的顶点。对方只能爱到十分，那么，爱到十分也是顶点了。”

牛德华五雷轰顶，立刻觉得自己取消订婚属于错误，连夜赶回苏州。

我们五雷轰顶，见证宋文静的思想走上歧途。

可我知道，她胆子很小很小，小到男朋友被抢也整个人无声无息，不敢正眼去望。

她的三十岁生日恰好元旦，组织大家在一家 KTV 过。

屏幕上滚动着“祝宋文静三十岁生日快乐”。数十人醉倒，清醒的没有几位。

一个女孩，妆容精致，二十出头，褐色卷发，嘴角一颗痣，像新品饮料的广告模特。女孩点了首歌，坐在吧椅，一句句唱着。我猛地发现她改了歌词。

她在唱：“你乳房下垂的时候很美，就像安河桥下清澈的水……”

她半闭的眼睛飞出一把刀，我顺着望过去，女孩目光尽头是宋文静。宋文静翻阅着酒水单，似乎什么也听不见。

何必这么毒呢？我心想，也只有宋文静才能忍住这口气吧。

宋文静的男朋友叫黄浩，仰头靠着沙发背睡着了。他的脖子上醒目地盛开着口红印，和唱歌的女孩嘴唇同色。

宋文静轻轻放下酒水单，走出包间。

唱歌的女孩嘴角扬起，放下话筒，走近黄浩。

仿佛一场交接仪式，在所有当事人的心领神会中，完成了新老更迭。

这多让人愤怒，无情的人能沉睡到结果，置身事外。

这多让人难过，深情的人怕防守伤了你，宁可放弃。

按照宋文静的说法，她连对方的十分都没拿到，她直接破产了。

我要了杯冰柠檬汽水，醒醒神，觉得胸闷，打算赶紧离开这里。站起身，看到了这辈子很难忘记的一幕。

KTV 内的屏幕下方，一直滑动着客人的各种祝福，突然变成了我见过的有史以来最长的字幕，一行又一行，似乎要倾诉到天明。

她说："我的生活那么平凡，每天都一样。可是真的一样吗？二十五岁的一天，和三十岁的一天，不一样啊，以后每一天都不会有你了。"

她说："以为天天见面，原来谈何容易。"

她说："就要离开这座城市了，你舍得吗？我舍不得你，但离开的人只能是我。"

她说："我爱你。"

她说："可是，我爱你。"

她说："满大街都是六鲜面，为什么你偏偏要和我吃一碗？"

字幕一行行划过，沉默而又悲伤，读到它的人却和故事毫无关系。

因为男生靠着沙发背睡着了，脖子上有一枚口红印，几缕褐色卷发搭在他的肩膀上。

宋文静多胆小啊，连一封最后的情书，也要在对方睡着了才朗读。

因为她明白，这对他不重要。

3

南京的六鲜面，家家端上来一大盆，香肠、鸡蛋、肉丝、皮肚、木耳、猪肝，大刀阔斧地盖住面条。番茄和青菜叫作红绿汤水，香气四溢。坐到桌边，女孩都会跟对面的恋人说：“一碗就够了，我们一起吃吧。”

宋文静和他认识的时候，正在大洋百货对面的巷子排队。刚排到她，老板说只剩一碗了。宋文静正庆幸自己运气不错，她身后的男孩讨好地说：“你一个人也吃不掉，不如分一半给我，我埋单。”

宋文静笑嘻嘻地说：“行哪。”

宋文静问服务员要了个空碗，把自己的面拨进去一半。

男孩笑嘻嘻地望着她，说：“我叫黄浩，你呢？”

过了那么久，在 KTV 的屏幕上，有一行字默默划过。

“满大街都是六鲜面，为什么你偏偏要和我吃一碗？”

4

往事中的一张张面孔，时光映照不定，忽明忽暗，沿着微笑的纹路，滑下一颗颗泪水。它们包裹着心脏，年复一年地低语，落地粉身碎骨，独自绽开，要许多年以后，才会重新生长出小小世界。

千万霓虹，大厦林立，名牌广告熠熠生辉，穿着一袭长裙的宋文静站在我身边。她说：“这个世界上的东西，你可以嫌它色调不对、做工不好、材料不行，就是不能说它贵。只要你觉得贵，就说明它本来就不是卖给你的。”

爱情也是啊，你付不出代价，就说明本来就不是给你爱的。

宋文静转过头，笑嘻嘻地对我说：“什么上升星座，不管用的啦。”

我说：“那怎么办？”

她说：“挺好的啊，这就是青春。青春就是要烧个一干二净，跋山涉水，刀山火海，才能到达彼岸。”

我也笑嘻嘻地说：“对，祝你飞黄腾达，家财万贯，忘记我还欠你五千块钱。”

一个小时前，她喝掉一整杯威士忌，满脸泪水，说：“在未来的日子里，我会遇到第二个他。可是，我没有第二个青春来爱他了。”

日夜交替，永远有光，永远照耀前进的人。他们破产，他们重建，他们终于习惯异国他乡。

5

行李箱快递回北京，我依然在全国的航线上辗转。

2013 年，北京的一场签售，几千人冒着严寒来和我见面。

签售延续到深夜，有个女孩一直在书店门口等着。等到人散，她才怯生生地说：“我能跟你单独合影吗？”

我说没问题。

多美的女孩啊，可惜我纯洁无瑕，没脸索取联系方式。

等她走后，我指责工作人员："没看到我冲你眨眼吗，你就不能替我要个电话？"

工作人员勃然大怒："眨眼？你他妈的分分钟眨眼几十次，谁知道其中一次会有独特而又猥琐的含义。"

再也看不到她，三年过去，她应该生活得幸福快乐，找到了那个只对她温柔体贴的男生。

喂，那个男生，对她好一点啊，不然老子来偷她的电话号码了。

我们中的每个人，浮世千万里，苍穹无数星，全部都要看过去。

要成为一座海，自己有千百里潮水奔涌。要爬上雪山吃烧烤，要开着渔船追落日，要七老八十写情书，要漂过冰川看极光。

知道你在远方，希望你得到期盼的生活。想看的花都有人种，想喝的酒都有人酿，想去的城堡都轰然开门，想穿的衣服都剪裁正好，想听的歌时光为你唱很久。

我们是约好的，一旦相逢，天荒地老。

回家的时候，我站在街口，用眼睛把整条街拍进了眼底，放在了心里。想起自己自始至终，每次走过那条街时，都是幸福的。

她

By 里则林

如果没有时差就好了，我喜欢你的时候，你也恰好喜欢我。如果没有告别就好了，我想念你的时候，你恰好就在我身旁。春天的落叶要怎么收藏？时间的距离要怎么横跨？如果没有时差就好了。

from 卢思浩

1

小时候，我家附近有一条安静的小街道。每到夏天，白玉兰都挂满两旁的树梢，连呼吸都是香的，走在其中，感觉很幸福。此去经年，我走过许多街道，再也没有遇见过这样的街。

那一年，我第一次喜欢上一个姑娘。才十一岁。

那时，我常穿过那条街，街两旁有狭窄的旧书屋，里面有看不完的漫画书。还有五金店，胖胖的老板常年单脚踩在椅子上火花四溅地锯钢管。还有一个门口摆放着长椅的小卖部，炎热的天气里，长椅上总坐着喝汽水乘凉的人。

而在街角路口的交会处，有一家包子铺，那里有我喜欢的姑娘。她有一双纯净乌黑的大眼睛、一头乌黑的长发，笑起来时很温暖，像太阳，她还会自己给自己剪指甲。可是，她比我大了七岁零几个月。

于是，我总是谨慎地走到包子铺门口，满是紧张地抬头望她一眼。她睁着大眼睛笑眯眯地看向我时，我又马上低头指着蒸笼干净利落地说："这个，还有这个。"生怕开口话说多了，就暴露了自己更深层次的稚嫩。每当她凑过身来递给我包子时，我能闻到她身上六神花露水的特殊香味。最后，我会提着包子安静地穿过一整条街，都不会有一个人发现我正洋溢在幸福里。

那些日子，我总和她一起上学、放学。起先是顺路，后来，是她发现我总与她顺路，并且她认得我，便常常站在前面等我。我一般都远远地看着她，迟疑一下才继续往前走，她告诉我："我感觉我应该带着你。"于是，她就总带着我。

"带着我"这种话让我心里很不舒服，但我又无从反驳，因为我小学三年级，她高中一年级。所以，路上我总故意和她保持一定的距离，也不和她说话。她有时发现我故意躲避她时，会侧过脸看着我，然后扑哧笑了。

她一笑，我就感觉自己被融化了，但是仍然故作镇定地东张西望，努力压抑着从四面八方冲上脸庞的血液。

我们第一次不是因为买包子的对话发生在一个上学的清晨。她递给我一杯冰豆浆，我摇摇头。接着，她说："今天，我不喝这个了。"

我突然出于好奇，终于第一次没有因为买包子而决定与她对话："为什么啊，你以后都不喝这个了吗？”

于是，她也第一次展现出了不知所措的神情，过了一会儿才说：“就这几天不喝，身体不舒服。”然后，她神秘地笑了起来。

我半张着嘴，感觉她正在经历一些神秘而我又不能知道的事情，突然才恍然大悟，挑着眉毛问她：“难道是……拉肚子？”

她尴尬地抿了抿嘴，露出小白牙，笑着对我说：“对对，差不多就是这一类的事情。”

我马上红起脸，低头喝起了豆浆。那一刻，心里很生自己的气，觉得自己不该问，因为我喜欢的姑娘那么漂亮，那么漂亮又怎么能拉肚子。拉肚子，多不漂亮？但很快我就原谅了自己。

2

她有一个做包子的爷爷。从我见到她、喜欢上她的那一天起，就知道他们一直生活在一起，而她的父母在外地工作。

她爷爷是个奇怪的老头，我们都怕他，除了她。

她爷爷别人都称其为陈伯。陈伯没事就在街口一言不发地坐着，走过的人只要有谁胆敢看他或者观察他，他一定会大发雷霆地指着那个人一顿怒骂。所以，只要他坐在街口上时，所有熟识的行人都会低头路过。

我曾不了解这一点，一个小伙伴拍拍我的肩膀，问我："你敢看那个老头吗？"

我心里一颤，嘴上马上反问："为什么不敢？"

小伙伴捂着嘴对我说："那你看，快看！"说完，他立马就先转过身去了。

于是，我在马路对面，开始了——看。没过多久，陈伯发现了我，一秒过后爆发出雷鸣般的吼声："小瘪三，你看什么看？！"我吓得全身一抖。接着，陈伯站了起来，嘴里开始对着我骂骂咧咧。小伙伴转过头来瞄了我一眼，开始狂笑起来。

而此时，我看见她惊慌失措地从后面跑了出来，那是我第一次见到她。她马上挡在我和她爷爷面前，转过头来对我调皮地吐着舌头，用手势示意我快走。我傻傻地看了她一会儿，然后被小伙伴拉着一路狂奔，感觉斑驳的树影投下了星星点点的光芒，时隐时现地照耀着我，花香冲进我的鼻子，直达心间。

街边的小卖部放着罗大佑的《恋曲 1990》："乌溜溜的黑眼珠和你的笑脸……"那年，我从未喝过酒，但却也醉了。

整个下午，头脑都处在播放幻灯片的状态，以至于小伙伴们围在一起嘲笑我，我都没有进行一丝反驳，仅仅是傻笑着。然后，他们认定我被骂傻了。

第二次见到她，是小伙伴跑来找我，故作神秘地让我出来，然后小声地告诉我：“你知道吗？陈伯的儿子回来了，找了一个医生，说帮陈伯看看，赶紧去看热闹啊！”

我听完马上趿拉着拖鞋跟着他跑了出去。

我们气喘吁吁地扒在门口，从人堆里看进去，没有看见她，但是看见很多与她爸爸久别重逢、打着招呼的人。在人群中，我看见了不胜其烦的陈伯，他满脸愤怒地坐在一张木椅上，却没有发作，他对面坐着一个似乎懂医术的江湖医生。

医生问他：“老大爷，您是什么症状？”

陈伯满是不耐烦，语气僵硬地说：“我不是老大爷，我陈伯。”

医生迟疑了一下，小心翼翼地说：“哦？不服老是好事，但看您这身体和气色，没有理由晨勃了啊。如果真晨勃，那也不是问题啊！是好事！”

整间屋子里的人扑哧一下就笑了起来。我呆呆地看向小伙伴，他也呆呆地看着我，对我摇了摇头，表示他也不明白这个没有逻辑的对话。

只是陈伯的脸已经铁青了，“腾”地站了起来。陈伯的儿子马上从旁边出来对他进行安抚。此时，她不知道从哪儿冒了出来，把医生拉了出去。而我和小伙伴马上背墙而立，看向天空。

我 想 和 你 在 一 起

我想和你
在一起

be with you

我用余光发现她和医生在说着什么，时而医生点点头，时而她点点头，然后愉快地告别。她穿着白背心、短裤、拖鞋，像站在世界的正中央，是那么的美。

所以那个暑假，我总是常常装作漫不经心地来来回回穿过包子铺，看见她时就高兴，看不见时就失落。

3

直到后来我们很熟悉了，我也从未告诉过她这件事。

当然，我们熟悉起来，甚至变成了“好朋友”，除了我们一起上学、放学之外，还因为一个她需要我替她保守的秘密。

那天放学的路上，我们一起走着。一个男生从背后绕过我，突然蒙住了她的眼睛。她整个人一颤，明显受到了惊吓。我的第一反应就是要杀了这个男生，于是“砰”的一声，我重重的一拳砸在了男生的背上。

很明显，他们俩都受到了惊吓。男生转过头来看着我，问：“这是谁？”

她看着怒气冲冲的我，又看了看男生，接着摸了摸我的头，帮我顺了顺毛，对男生说：“他是我家附近的小弟弟。我带着他一起上学、放学。”

说完对着男生笑。男生听完也笑了起来，顺带摸了摸我的头。那一刻，我觉得有一种巨大而又莫名的情绪，就像被老师叫起来回答一个问题，但是我的回答全错，于是老师让我站着不准坐下的感觉。

“那是谁啊？”回家的路上，我问。

“那是姐姐的同学呀。”她笑着说。

我重重地“哦”了一声。她笑着问我：“你是不是以为有人要欺负姐姐，所以生气啊？”问完，她扑哧一笑。

我不知道说什么好，就点了点头。她就摸着我的头继续笑着。

在之后的周末，我正在对过的两条街和小伙伴们打闹着，忽然在远处看见了她，穿着一身碎花裙子。我张着嘴惊讶地看向她，她猛然间也发现了我，然后紧张兮兮地朝我走来，开口对我说：“你不准说出去！”

我不明白她在说什么，一脸莫名其妙的表情。过了一会儿才看到，上次那个男生从她身后走来，牵起了她的手。她回头一看，脸“唰”地一下就红了，就像她看着我时，我的那种脸红。

接着，她说：“你要替姐姐保守这个秘密。”

我看着他们的手，感觉心扑通扑通地跳着，愣在原地，呆呆地点着头，说：“哦。”

她依然温暖如太阳般地对我笑，只是那种感觉，不再像是我抬头能看到的那种太阳，而是像隔着屏幕看见了电视里的太阳。最后，他们渐行渐远。

知道了这个秘密后的日子里，我常常清晨在客厅把邓丽君和蔡琴的磁带放进音响里，然后静静地听着。

甜美的歌声，头上顶着的西瓜头，还有胸前大大的哆啦 A 梦 Logo，全都掩盖不住我的忧伤。

那一年，我十一岁，第一次失恋。

4

接下来的日子，我总是忧伤地走在晨风中、夕阳下，时常看着天空发呆。连她也发现了这一点。

在一个夜晚，我们一起坐在街上的小卖部喝汽水。她问我，我摇头，她再问，我沉默不语。

她才忧心忡忡地看着我："你不会是失恋了吧？"

我马上脸红起来，大喊道："没有啊！"她看着我扑哧笑了起来。

然后，她突然安静了下来，小声地对我说："我告诉你一件事情，我爷爷不骂人了现在。"

我瞬间从忧伤里转移了出来。

接着，静静地听她小声地告诉我，她的老家有一个远房亲戚结婚，于是她和妈妈陪着他一起回去。酒足饭饱，大家开始闲聊的时候，爷爷一个人走了出去。开始没人在意，不久之后，却听见爷爷的哭声。于是，他们马上追了出去，发现爷爷正趴在奶奶的坟上大哭。她想上去拉，但是被妈妈阻止了。

我睁大了双眼，点点头，全神贯注地看着她。

她继续说着，他们老家的老村长这时也走出来了。没过多久，就踉踉跄跄走上前去，然后就在爷爷面前跪了下去，一直说着“对不起，那么多年，一直不知道怎么让你原谅”之类的话。说着说着，老村长也哭了起来。

我惊讶地半张着嘴，满腹疑问地说：“为什么呀？”

她喝了口汽水，告诉我：“你知道吗？以前有个很特殊的时期，你没经历过，我没经历过，但爷爷、奶奶经历了。就在那个时候，他们被冤枉了，然后被一群人欺负，是老村长带的头。在那个时候，我奶奶就去世了。爷爷从那之后，再也没回过老家，脾气也开始变得怪怪的。”

“为什么要欺负他们啊？你爷爷、奶奶是坏人吗？”我问道。

“不是，他们都不是，也许老村长他们也不是，坏的是那个时候吧。”她扑闪着眼睛告诉我。

“那后来呢？”我继续问。

“后来，老村长一直给爷爷磕头，又给奶奶的坟磕头，说这些年，他一直在祭扫、上香。说到这里的时候，我爷爷突然安静了下来。过了一会儿，他让我过去扶他。那天夜里，我觉得爷爷是前所未有的轻松，就像你考完了所有科目，接下来就是长长的暑假那种轻松，你懂吧？”她问我。

我马上点点头。她喝了口汽水，又说：“爷爷和我们待在老家的最后一天，带我去看了以前他和奶奶生活的老房子。他记得所有东西、所有事情。他记得奶奶喜欢坐在哪里做些什么，他甚至记得奶奶在门口空地的哪一块地方种过些什么。你知道爱是什么吗？这个就是。”

我看着她沉默了，我也沉默了。我们坐在晚风里，突然觉得自己不忧伤了，和她一起若有所思地看向街的另一头。

突然想起了陈伯，以后终于可以看他而不被骂了。

5

后来有一天，妈妈、爸爸告诉我，我们要搬离这个城市了。

然后，我在那个夏天静静地走进白玉兰的花香，穿过那条街道，在街角的包子铺找到我喜欢的姑娘，我告诉她：“我要走啦，去其他地方了。”

她问我：“去哪儿？”

我摇摇头说不知道。

她又问我："那你什么时候回来？"

我又摇摇头说不知道。她一下安静了下来，又说："你回来的时候，已经长大了吧？"

我突然带点忧伤地反问："我长大了回来，你还在吗？"

她习惯性地扑哧一笑，露出白白的牙齿，眼睛眯成天上的月亮说："难道你要回来娶姐姐？"

我的脸"唰"的一下红到了耳根，觉得自己隐藏得这么深的想法竟然被她一语中的，就像做了坏事被老师一眼识破般窘迫，直直地愣在原地，手足无措。

于是，她就抱了我一下，摸摸我的头，哈哈大笑起来。

回家的时候，我站在街口，用眼睛把整条街拍进了眼底，放在了心里。想起自己自始至终，每次走过那条街时，都是幸福的。

我坐上去往大陆最东边的火车，穿过无数小山丘和彩色的梯田。铁道旁的小沟渠显得波光粼粼，老农牵着他的牛站在沟渠边，看着去往远方的我，仿佛带着羡慕。而我目送着原地不动却渐行渐远的他，也羡慕地觉得他能一直留在熟悉的地方，看着熟悉的风景，是多么好。

夜里伴着亘古不变的“哐啷哐啷”声，火车穿过繁星下的夜幕，穿过稻田上竖起的无数黄色灯泡。忽然，车里的广播播报道：“热烈祝贺，普天同庆，我们的北京，申奥成功了！”接着没过多久，车里便爆发出一阵爆炸式的欢呼声。人们从床上跳下来，打开啤酒相互道贺。整个列车洋溢着喜庆的气氛。

而我躺在床上静静地想，2008 年，是多么遥远，还有七年。七年后，我正好和现在的她一样大，也正好成年了。

可她却仍然大我七岁。

于是那一年，我十一岁，在“哐啷哐啷”声里，我觉得自己永远失去了心爱的姑娘，虽然她从来不知道。

这么晚了，咱还回去吗？

一次难忘的愚人节

By 陈谌

陈谌一直是个有故事的男青年。（微笑脸）

不过说起来，如果你真爱一个人，就不用管他什么星座、什么爱好、什么性别。所谓的标准都是为不爱的人设定的，你爱一个人，他从此就是你的标准。加油，陈谌！（坏笑脸）

from 卢思浩

这是一个写在愚人节的故事，我不知道别人有没有在愚人节整人整得很嗨的经历，反正我曾在有一年的愚人节里，整人整到自己欲哭无泪。

这件事情大约发生在四年前，当时我还是一只纯洁的“大学狗”。记得那天是 3 月 31 号的下午，坐在寝室里的我一个人百无聊赖地上着网，无意中发现明天就是 4 月 1 号了。我琢磨着既然生活已经如此无聊，不如找点更无聊的事情来做，像给女神表白这种事情实在太没有创意了，我不如向我室友表个白怎么样？

这个念头一从脑海里浮现出来，我就觉得有些兴奋了，因为上大学这么久，还从来都没有上过……不对，是整过室友。我三个室友里有一个跟我关系最好，他叫 F，长得正儿八经浓眉大眼，算是个帅哥，学院里挺多姑娘喜欢他。我每天和他一起上课、吃饭、打游戏，无话不谈。考虑到整人这种事情，必须得挑关系好、知根知底的，才不至于弄得不愉快，所以我第一个就想到了他。

但既然决定要整他，肯定不能就打个电话，或者和他当面嘻嘻哈哈表个白这么简单，否则就失去整人的乐趣了。我是个做事情很较真的人，为此甚至设想了一个很庞大的计划。

首先，我肯定不能明天就对他表白，因为 4 月 1 号做这种事实在太明显，怎么着也得往后推个两三天。其次，我必须得循序渐进，比如从明天开始在生活中用一些细节给他暗示，让他渐渐感到一丝不对劲，甚至小心慌。然后，在最后给他来个致命一击，彻底摧毁他的世界观与精神防线。

构思到这里，我不禁有些得意忘形，心想：这次看我不整哭你个兔崽子。

没过多久，F 就从外面回来了。他刚才去操场踢球了，一进门就一副神情疲惫的样子。我假装漫不经心地回头望了他一眼，问他今天怎么样了，进了几个球之类的话。

“别提了，今天被一个孙子给铲了一脚，好像有点扭到了。”他冲我苦笑道。

我心想，妈的，天大的好机会说来就来啊，行动的时机已经到了。不过，我肯定不能一下子就表现得特别关心他，马上上去问他哪里疼啊，我帮你揉揉啊之类的，毕竟男生之间的关系从来都不是这样的，我们俩平时也属于互相贬低、调侃的那种交流方式。

于是，我照例“哦”了一声，自顾自地玩游戏去了。趁 F 去洗澡的时候，我去隔壁寝室要了瓶云南白药，放在他的桌上，然后继续玩游戏。

他洗完澡出来看到桌上的药，明显愣了一下，然后问我："这你的？"

我假装不耐烦地说："帮你拿的，喷一下舒服点，以后踢球自己小心点，别让人抬着回来，我可不给你收尸。"

他说了句"滚你大爷的"，然后就自顾自地喷药去了。不过，我还是能感觉到他的神情有些异样。我在那儿暗自窃喜，心想：这还只是个开始呢，等着吧你。

第二天早晨，我和F照常一起去上课，插科打诨，嬉笑怒骂。中午一起去食堂吃饭的时候，我有意无意和他聊起他前女友的事情。他和前女友分手快小半年了，我从来都没和他聊过这些。我特意问得很详细，目的在于勾起他伤心的回忆。他也很配合我，说了很多我从来没有听过的细节。说到伤心处，我陪他一起叹气，然后很自然地拍了拍他的肩膀，揉乱他的头发。

"别难过了兄弟，这个世界上女人多的是，而且不只有女人，对不对？"我半开玩笑地对他说道。

他先愣了一下，然后笑出了声，说了句"滚"，又低头吃饭去了。

不过，我当然不会就这么善罢甘休，我兜里早已事先准备好了纸巾。等他吃完饭后，我很自然地掏出纸巾，擦了擦自己的嘴，然后翻了一面往他嘴上抹了一下，说了句：“妈呀，吃得满嘴都是油，你是猪吗？”随后，飞快地把碗筷收拾起来端走，不给他任何反应的空间。

果然，F 在食堂里磨叽了很久都没有出来。我在食堂门口抽着烟不慌不忙地给他一个小情绪在心里酝酿的时间。等他出来以后，我头也不回地问他：“脚咋样了？”

“哦……好多了，我这不走得好好的吗？”

“晚上再打点热水热敷一下。我以前踢球的时候也老崴脚，所以早就习惯这些了。”

“呵呵，看把你能的，我才没你那么脆弱。”

……

接下来的两天，差不多一直都是这个节奏。我在漫不经心与不慌不忙间对 F 表现了一些关心与肢体接触，总结起来就是“老子才懒得管你”和“你这样老子不管也不行”的结合。我明显感觉到 F 越来越慌了，他甚至开始不敢和我有正面的眼神接触。我心想，这个铺垫简直堪称完美，差不多是时候放大招了。

第三天早上一起床，我就故意表现得郁郁寡欢，不想说话，唉声叹气的。F 显然察觉到了我的不对劲，问我怎么回事。我当然没理他，自己一个人默默地上课，然后去食堂吃饭。下午上课的时候，F 在寝室外拦住我，问我到底咋回事啊。我一副不耐烦的样子，对他说："你别问了，一句两句也说不清楚。"

然后，F只好悻悻地走了。等到上课的时候，我用手机给坐在教室另一头的F发了个信息，说今晚陪我去喝个酒吧。我偷偷瞄了一眼F的表情。他看了看手机，下意识地咽了口唾沫，然后在那儿低着头噼里啪啦地打了很多字，然而最后发到我手机里的只有两个字——"好的"。

下课以后，我俩一起出了学校大门，去了之前一起看球的那个酒吧。一路上，我俩各自抽着烟，都没有说话。我不知道F当时在想些什么，我心里反正一直在盘算着一会儿怎么跟他表白，大概进行到哪一步算完。其实我也有点惴惴不安，因为演到这个地步，实在是有点难收场了。接下来，考验的根本就不是我的演技，而是我的心理承受能力啊。

到酒吧以后，我特意挑了吧台的位置坐，因为吧台的位置都是并排的，可以有效避免面对面的眼神接触，以防我的脸万一绷不住，一不小心出卖了我。

我点了一杯长岛冰茶，F点了一杯"金汤力"。然后，我们就坐在那里有一搭没一搭地说着些不着边际的话，气氛也开始变得有些暧昧起来。我看了一眼F的侧脸，他的表情很凝重，似乎也是有心事的样子。这让我觉得有些不太对劲，因为我预想中他现在应该是很紧张，甚至会刻意说些不好笑的冷笑话来打破沉默之类的，但他都没有，只是默默地喝着酒。

"我喜欢你。"趁着一杯酒下肚，我觉得时机差不多到了，于是鼓起勇气对 F 说道。

“嗯，我知道。”F 也猛地喝干了杯中的酒，回答道。

“啊？”我心里不由得一惊，因为他的这个反应大大出乎了我的预料，“你知道？”

“嗯，很多话何必非要说出口呢？我和你不一样的地方在于，有些话我习惯于藏在心里，不懂的人说了也没用，懂的人没必要说，不是吗？我觉得你应该能懂我，对吧？”

听他说完这句颇为费劲的话，我手一滑，杯子差点掉在了地上，这意思难道是说……他也喜欢我？

不过，我并没有慌了阵脚，而是脑海里各种信息在飞速地转着。我并不相信 F 真的是基佬，毕竟和他认识这么久，我不可能看不出来。也就是说，这货肯定已经看穿了我在整他，现在他是在反整我，想让我慌张摊牌，看我出丑。没想到啊，没想到，这小子居然跟老子玩起了反间计！

当然，我肯定不会就这么善罢甘休，不然我筹划并实施了这么久，最后不但没有整到他，反而被他给摆了一道，这绝对是我不能接受的结果。于是，现在唯一的选择就是：继续演下去，看谁玩得过谁，看谁先投子认输！

于是，我叹了口气，不无伤感地对他说道：“那又能怎么样呢？说这些，只是徒增伤感而已，很多事情并不会有什么结果。”

没想到F居然伸出手臂，搂住了我的肩膀。我紧绷着脸，咬着嘴唇，默念“克制，克制，一定要克制”，然后像一尊雕像一般坐在那里一动不动。我甚至想过是不是要靠着他会好一些，但最后还是打消了这个念头，觉得自己还是没有内心强大到这个地步。

我俩就这样在酒吧里一直耗着，一口一口地抿着酒，一杯几乎能喝个半小时。不知不觉就已经到了晚上十二点寝室熄灯的时候。

F看了看手机，转头问我：“这么晚了，咱还回去吗？”

我脸一黑，心想F这货这是给我反手（游戏术语，指给对方造成巨大伤害）一个大啊，这话的潜台词无非就是：去开房呗。

当然，我肯定不能在这种地方认输。我明白他这招虽然狠，但一定是吃准我会拒绝才这么说的，但是我就答应了看他怎么办，而且我不给他任何喘息的机会。我站起身来对F说：“咱别回去了，我知道一个地方，跟我走吧。”

然后，我一咬牙一跺脚，生拉硬拽地把F拖出了酒吧，拖着他就往校外小旅馆的方向走去。F虽然晃晃悠悠地挣扎着，却也没停下脚步。街上零星的路人都不禁侧目看我们俩，还以为我和他有什么深仇大恨，似乎是要把他拖到街角暴揍一顿的既视感。

进了小旅馆，我到前台一拍桌子，霸气地说了一句：“老板，开房！”

老板娘抬头望了我们一眼，露出了一个我至今都难以忘怀的表情，然后一字一句地问我们：“你俩，开房？”这语气好像是问我们“确定吗”。

我们几乎异口同声地“嗯”了一声，然后有些尴尬地左顾右盼。老板娘把钥匙递给我们的时候，我们几乎是跑着去的房间，为的是不看到老板娘接下来的神情。我心里那个骂呀，我堂堂一个“纯直男”，上了这么久大学，甚至没和学妹出来开过房，第一次居然献给了自己的室友。仅仅为了赌一口气，我这到底是为了什么啊，天哪！

进了房间以后，我俩沉默地在床沿坐着。这时候，酒精的后劲已经有点上来了，我估计我们俩当时都有点上头了，早就忘记了这仅仅只是个愚人节的玩笑而已。

其实，我们平时就总这样，虽然是好朋友，但是从来不服对方。无论在球场上还是游戏里，都要争一个高下，这一次喝了酒，更是抱着要把对方干到跪地求饶的决心。

我心想：好，你不认输是吧，那我不客气了。我一下子把 F 推倒在床上，然后压在了他的身上。F 显然是慌了，他赶紧捂着自己的胸口说：“你想干什么？”

我说：“干你。”

F 说："这合适吗？"

我说："有什么不合适的，我们为什么要压抑自己，都是成年人了，难道你害怕了？"

F 说："不是，难道不做前戏吗？"

我愣了几秒，心里琢磨着前戏是什么，我从来都没做过啊。没想到 F 直接抓着我的头就亲了上来。我受了史诗级的惊吓，加上实在是喝多了，胃里猛烈地翻腾了起来，连忙推开 F 冲到厕所里，抱着马桶就吐了起来。

不知道吐了多久，我回头一看，F 抱着洗脸池也在那儿吐。

F 转头看了我一眼，用生无可恋的表情对我说道："你输了，是你推开我的。"

我扶着马桶站起来，往洗脸池里望了一眼，对他说："不，是你输了，你吐得比我多。"

然后，我俩倒在床上，哼哼唧唧地骂了对方一个小时，然后就各自睡着了。

第二天早上醒来，我和 F 坐在床上都很尴尬。我对 F 说我们俩是不是玩得有点太过了，我本来只是想整你一下的，没想到结局居然会变成这样。

F说：“整你个鬼啊，你看看今天几号了，4月4号，都清明了。”

“话说你到底从啥时候发现我在整你的？”我问F道。

“前两周就发现了，你看我的眼神总是怪怪的。”

我说：“我去，我前几天才开始计划的好吗？”

“那只能说明你真的有gay的潜质，我以后还是离你远一点好了。”

“你难道没有？你居然亲我，你真的是可怕，你的下限到底在哪儿？”

“你别说了，我又想吐了，咱们说好一个月不要跟彼此说话好吗？我现在看见你就不舒服。”F捂着嘴干呕了一下道。

总之，这个事情就这么完了，我们两个“直男”因为一次愚人节的无聊玩笑让彼此的关系在清明的深夜“越过了道德的边境，走过了爱的禁区。”这场无聊的比拼最后落了个两败俱伤的下场，我们没有从对方身上找到任何乐子，反而让自己恶心了很久都没有缓过神来。

更让人绝望的是，F在回寝室的路上对我说的一句话彻底伤害了我。

“话说，你用这些个心思去追个姑娘，他妈早就不是单身了吧？”

长大是件好事情。平心而论，我不再退缩，不再追问那些没有答案的事情，不再固执地坚持一件没有结果的事情，我从来没这么快乐过。

告 白

By 杨美味

有年夏天，喜欢的人给了你一瓶可乐，于是，你的夏天就是可乐味的；有次等待时，你在街边点了一杯奶茶，于是，你到现在还觉得等待就是奶茶味的。记忆会模糊，可你的胃还记得，就像有时你走在路上，你总能想起那年冬天一起吃的糖炒栗子。

from 卢思浩

昨天开编剧会聊项目进展的时候，聊到了关于龙的电影。

我讲了一个关于龙的故事，这个故事是阮冬阳讲给我的。

于是，我就莫名其妙地开始想起他，心神不宁地想了一晚。

今天起床的时候，黑眼圈快掉到脚背上了，从暖气片上把睡衣拿下来，发现暖气管冷冰冰的。暖气停了。春天来了，经历了这个漫长的寒冬，春天虽然迟到了，但是还是来了。

我身边的朋友都知道我讨厌冬天。风吹在脸上像刀割，脱衣服的时候静电在耳边噼里啪啦，裹成北极熊一样行动极不方便，一不小心就在雪地上摔一跤，走两步就冻得膝盖疼。你看，冬天有这么多特点，没有一个是我喜欢的。

我拿起手机看了一下巴黎的天气，巴黎还是冬天。本来想给阮冬阳发条消息让他记得穿袜子，一个电话打进来了，我断断续续忙了一天，于是现在才想起这件事。

“你过得好吗？”

这是我一直想问却没好意思问出口的话。

四年前，阮冬阳出国，我去送他。他抱了我一下说：“好好过啊，过段时间就回来看你。”我猛着点头，说：“你好好念书，不要牵挂别的事情。”他身上的味道很好闻，不知道是香水还是沐浴露，闻起来像是木头又像是海洋。

我看着他进了安检口，看着后面的人越来越多。他背着一个书包，手伸得高高地挥手。我也冲他挥挥手，一转眼眼泪就流下来了。

我从没想过我会哭。

初中的时候，被几个女生欺负、排挤，我没哭；学骑自行车的时候，把腿擦掉了一块肉，我没哭；在外地考试烧到三十九摄氏度特别困，一个人打着点滴不敢睡着的时候，我没哭；做完便利店兼职半夜不舍得打车回家，走得脚上全是水泡的时候，我没哭。我反复告诉自己，除了显得更加没有尊严外，眼泪根本不能解决任何问题。

他也一样。

所以，认识这么些年，见他掉眼泪的样子掰着手指头就能数过来。

有一次上学的时候，我带了饭，邀请他一起吃。我把大半的粉蒸排骨都分给他，说：“你要多吃点才能长高。”他说：“这排骨怎么这么好吃？”我说：“我妈做的，我妈做烧白也很好吃，做酸菜鱼也很好吃，做红烧肉也好吃。”他大口扒着饭，下一秒眼眶就红了，嚼着米饭说：“我妈从来没做过饭给我吃。”

高二的时候，他父母离婚了。他跟别人打架，脚一瘸一拐的，腮帮子边上肿了一个大包，没法吃东西，也不回家，到我家来找我。我煮了一碗粥给他喝，还煎了个鸡蛋给他。我说：“我爸妈八九点回来，你腿疼就去睡会儿，他们回来之前我叫你。”我在客厅写作业，他在我的卧室睡觉。等他走了，我躺在床上写日记，摸到枕头上一片泪痕。

大一的时候，他开车来我的学校找我，穿得特别少，头发也乱蓬蓬的。他一路上一句话都不说，也不听歌。他一直开着，开了好久好久，然后把车停到了旁边的应急车道上。我问：“怎么了？”他没有回答我，只是把头埋在方向盘上。我伸手去轻轻推他，他就突然把头靠了过来，在我的肩膀上号啕大哭。我至今也不知道原因，我也没问过。

大多数时候，阮冬阳都是一副大大咧咧、吊儿郎当，看起来漫不经心的样子，他从来不像那种认真过生活的人。

他家境优越，父母对他也宽容，从来不指望他成绩好，只希望他不闯祸。他却还是抽烟、打架、喝酒、逃课，接二连三地闯祸，接二连三地被叫到家长都不愿意再来学校。他在早读课上明目张胆地睡觉，快要下课的时候从后门溜出去买一份小笼包分给我一半。月考试卷发下来以后，写个名字就呼呼大睡。在体育课上假装肚子疼，然后翻墙出去打游戏。他似乎永远没有烦恼。

而我的烦恼很多，我解不出数学考试最后那道大题，分不清英语完成时和完成进行时到底该用哪一个，省了一个月的早餐钱是该买周杰伦还是买林俊杰，收到了一封字迹歪歪扭扭的情书不知道是谁写的。

他说：“等你长大了，烦恼就会少了。”

我问：“真的吗？你怎么知道？”

他说：“电影里都这么演的。”

高三的时候，他转学，我独自留在那个小城上学，收到很多他的短信。手机内存不够，要收到新短信的时候就得删掉一条。我每次都要翻很久，每条都舍不得删。要纠结很久，才删掉一条，等新的那条读出来。他说他喜欢的女生，那个女生的梦想是当个摄影师，说她为什么那么好看，跟她在一起怎么那么开心。他说学校里有只流浪猫，每次他出食堂就喂它一点火腿肠，现在看到他已经会主动过来蹭脚了。他说他上了很多个补习班，数学、物理和化学，每天只睡五个小时，剩下的时间都在补习和去补习的路上。

而高三的时候，我却剑走偏锋开始了早恋。那个人有一双特别好看的眼睛，唱歌特别好听。我再也不用纠结要买林俊杰还是周杰伦了，他什么都会唱给我听。我觉得人生怎么可以这么好，好到让人不相信这是人生的那种好。仿佛有了他以后，所有的苦难都没有了，所有的真理都在他手上，而我只需要埋头跟他走。

高三结束的时候，我失恋了。阮冬阳回来过暑假，途中疲劳驾驶出了点小车祸。那是我和他最安静的两个月。他打着石膏，我眼睛几乎从早到晚都是肿的。我在客厅里看电影，他看书，有时候我一转头就看到他睡着了，呼吸声缓慢而均匀。

大一的时候，他出国。

我留在一所二流大学混日子。我开始跟家里切断了经济联系，在便利店找了份工作，半夜三更在宿舍把台灯调到最暗，轻轻地在键盘上敲着稿子，拼死拼活地攒钱，让我能够在重庆生活下去。后来，我开始给一些公司写短片剧本，再后来就出了书，来了北京做编剧。

你看，这四年的时间，我用几句话就讲完了。

人生过得太快了。

快到让人猝不及防。我看着电视剧主角里出现很多比我们更年轻的面孔，在社交软件里看到很多同学的结婚照和孩子的满月照，看着脸上的胶原蛋白一天天流逝，跟朋友商量着要不要打个针，看着周围的人讨论的话题从成绩变成了赚钱。

我以前羡慕你，感觉你的人生没有什么需要担心的问题，感觉你可以想做什么就做什么。我一直渴望长大，一直在想，等我再长大一点，等我再努力一点，也许生活就会变得好一点，烦恼就会变得少一点。

如你所见，我现在长大了。

长大是件好事情。平心而论，我不再退缩，不再追问那些没有答案的事情，不再固执地坚持一件没有结果的事情，我从来没这么快乐过。

看到过很多把长大和变坏等同起来的论调。说长大就是趋炎附势，说长大就是逢场作戏，说长大就是妥协人生，说长大就是抛弃梦想，于是一边怀念着过去，一边拒绝长大。而我不赞同。我觉得长大是变得更聪明、更漂亮、更勇敢、更独立，长大是坐一辆车旅行，它是你必须要去的景点。

我从没有说过“我想念你”，我也从来没有跟你表达过作为朋友对你的喜欢，因为说不出口。你知道我的，我一直对表达自己的感情这回事特别不擅长，我没法大大方方地对别人说爱、说思念、说挽留。我害怕失去，所以一开始的时候，我就没有想过要去拥有这个人。所以，我从来没有对你说过感谢，没有对你说过不舍。

初中的时候被女生排挤，没有朋友，是你做了我唯一的朋友。学骑自行车摔跤了以后，是你载了我一个月，再手把手教会我骑车。高烧到三十九摄氏度的时候，是你打了朋友的电话让她赶来照顾我。当我因为脚疼蹲在路边给你发短信的时候，你说，生活会慢慢好起来的。

虽然没有像电影里演的那样，长大了，所有的烦恼都没有了，但是真的是变好起来了。

我从来没有遗忘过你。

我从来不会忘记，在我最孤独的时候，是你跌跌撞撞闯进了我的生活。没有泪水，带给我的只有欢笑，而在你走了以后，我曾无数次想起这微笑。光是想起你的笑，我就觉得生活没有那么难。

后来，每当跟别人提起你，我都像写小学作文一样说："你是那种看似顽劣的少年，却藏着一颗金子般的心。"你教我游泳，教我看地图，教我坚强，教我笑对生活，教我不要变成自己不想成为的那种人。

那个故事我还记得。

在缅甸有一个小村庄，村子里有一条恶龙。恶龙每年要求村庄献祭一名处女。每年都有一名屠龙少年出发去屠龙，却从来无人生还。于是，在有一年少年出发的时候，有人悄悄尾随至龙穴。龙穴里铺满珠宝，晃得人睁不开眼，少年用剑杀死恶龙，坐在龙的尸首上，看着满地的金银财宝，慢慢长出鳞片，长出犄角，变成恶龙。

我不会变成那样的人的，因为有你在。

我突然想起以前我是不讨厌冬天的。

冬天，我们裹得像熊一样在风中嘲笑对方冻乌的嘴唇，走进任何一家有空调的店都是幸福，我在窗户的玻璃上写上你的名字，看着它一点点消失。你把冰凉的手放到我的后颈，我追着你打闹了半条街，你吊儿郎当地剥开一颗温热的糖炒栗子递给我。后来，我就开始讨厌冬天了，大概是你走以后，我就再也没有吃到过那么好吃的糖炒栗子了。

有时我们分开

By 倏尘

喜欢一个人，就告诉他，因为这是你一辈子里唯一一次有机会握到他的手了。我知道有时你们都怕做不成朋友，但这又有什么关系？你原本就不想只做朋友。

from 卢思浩

1

昨天闲来在家，赖在床上看电视，华数频道正在放着岩井俊二的《情书》。于是躺在那里，又看了一遍。依旧在渡边博子站在雪山底下同藤井树一声声的告别里，泪流满面。这是一部神奇的电影，在你十五岁的时候看，会落泪；二十岁的时候看，会落泪；三十岁的时候看，依旧还是会落泪。而且，这样神奇的功效或许还会一直延续下去。等到你白发苍苍了，猛然打开电视看见它，依旧会心底一阵柔软，感叹时光一去不复返，唯有爱恋永远动人。

我和柏原崇饰演的藤井树一样，也是个暗恋八段的高手。人生迄今为止最长的一段暗恋从初中延续到大学毕业。掐指算起来，整十年。我暗恋的那个男生现在看来没有一丝特别之处，他可能只是比寻常人好看那么一点点，一点点而已哦。他叫叶升，是我的初中同班同学，个子长得高高的，头发剪得短短的，走起路来轻飘飘的。他不爱说话，成绩一般，笑起来有双眯眯眼，很好看。我们俩的家住得很近，一来二去就成了朋友。当然，在我心里，我可不只当他是朋友。他是我每天按时上课的动力来源。

那个时候，最期待的时光就是放学路上了。一个人骑车的时候总觉得回家的这条道路枯燥而漫长，脚都踩酸了，依旧离家远远的。可是，如果是和叶升一起的话，这条路就骤然变短了。我还没和他好好聊聊昨天看的电视剧，还没和他说今天课堂上的趣事，就得分道扬镳了。后来，叶升恋爱了。我就不再刻意制造同他一起下学的机会了。大多数的时候，我都是默默跟在后头远远骑行的人。我踩得慢慢的，尽量和前头的男孩子保持着距离，尽量不让他发现我的存在。我边踩边端详前头叶升的背影。说起来也奇怪，街上人潮涌动，可我只要看上一眼，就知道他在哪里、今天穿了一件什么款式的衣服、有没有剪头发，甚至是今天心情如何，有没有和女朋友吵架。诸如此类，一清二楚。

初中毕业之后，我们考入了不同的高中，这小小的阻碍并没有给我造成多少困扰。我成为了叶升所在学校的常客。他们的运动会、篮球赛、足球赛，几乎每一场大赛事都能看见我的身影。我偷偷摸摸地去，挤在同学们中间，他们个个高声喊着加油，面红耳赤地抱怨裁判偏心对方，而我就是鹤立鸡群的那一位。我看起来非常安静，双手在校服的口袋里攥得紧紧的，眼睛一眨不眨，对着叶升紧迫盯人。他的每一次弹跳、每一次传球、每一次跌倒，在我心里都是一部惊心动魄的大电影。我就是这样躲在一旁偷偷地看，像个胆小如鼠的偷窥狂。三年的时间，叶升都没有发现过我，真该为自己的乔装技能点赞、鼓掌。

接着，就到了真正意义上的分离了。我们都考上了大学，去往两个相隔大半个中国的城市。他走的那天，有许多人去车站送行。那是多年来，我第一次作为一个明亮的存在站在他的眼前。看见我去送他，叶升显然吃

了一惊。

“沈颐，你怎么来了？”

“哦，我来送个朋友，你也今天出发啊？”我尽量装得一派自然。叶升笑得很灿烂，似乎并没有起疑。

“是啊，一会儿就出发了。”

“你去哪儿念书来着？”我当然知道他去哪儿念书，我甚至还上网去查了那所学校的地址。

“湖州，湖州师范，体育系。你去天津念书，对吧？”

叶升竟然知道我去哪里念大学，这完全超乎了我的意料。那一瞬间，我紧张极了。

前往湖州的客车正在发动，叶升往后看了看它：“我好像要走了。”

“嗯，好，一路顺风！”

“你也是。”

这时，叶升忽然伸出他的大胳膊拥抱了我。我在他的怀抱里，瞬间僵成了一尊雕塑。

在寝室的室友纷纷谈起恋爱的大学生活里，只有我一个人抱守着对叶升执着的暗恋，成了独来独往的怪人物。我总是一而再，再而三地想起叶升给我的那个拥抱，想起在他怀里温暖的感觉。这样的温暖竟然可以延续许多年，实在是令人惊诧。当然，这段长达十年的暗恋以我的醉后告白做了终结。大学毕业的散伙饭上，我喝得酩酊大醉。借着酒劲儿，我给他打了电话。说了什么，做了什么，我一点都记不起来了，但告白的效果却非常好。第二天，叶升就飞来了天津。在天津机场，我追到了我的男神。

2

“十年铁杵磨成针”“王子和公主从此过上了幸福的生活”这样的故事，并没有在我和叶升身上发生。我们之间的诸多问题开始层出不穷地出现。从前并没有什么问题，唯一的问题是我的求而不得。现在的问题却多极了。我们可以聊的东西很少，大部分的时候都是沉默地对坐。他喜欢户外，而我不爱出门；他喜欢呼朋唤友喝酒吃肉，而我一到人数众多的地方就头疼；他喜欢唱歌，而我五音不全；我喜欢吃鸡，而他喜欢吃鱼；我喜欢看书、写字，他喜欢打游戏、玩跑酷；我喜欢和他一起穿情侣装，而他看见情侣装就浑身汗毛直立。最重要的问题是什么呢？是我开始一点点意识到，我心里的叶升和眼前的叶升，是截然不同的。

终于，在相处半年之后，我不得不承认，我们对彼此勾勒的印象和眼前的爱人完全不一样。我对他深切的爱没有建立在相处的血肉之上，似乎只是幻觉的产物。接着，我们和平分手了。

3

当已经长大的藤井树看见借书卡后面，暗恋她的男生为她画的画像时，离他们的那段青葱岁月已经过去了漫长的时间，就像她手里拿着的那本《追忆似水年华》一样。暗恋她的男孩子已经死了，而她是在他死了三年后，才逐渐在尘封的记忆里将他拎了出来。才终于领悟到曾几何时，自己被一个男孩温柔而羞涩地爱慕着，那一张又一张写满她名字的借书卡就是一封又一封的情书。岩井俊二将这个故事拍得美丽又温情。归根结底，却是极其残酷的。男孩死了，爸爸死了，所有人都背负着伤痛，遗憾永远在，而活着的人需要将他们一一放下，才能安然前行。

有的人说：“暗恋是一种最安全的爱恋形式。”因为我爱你，和你无关，所以不会给任何人带来伤痛。你不用忍受被拒绝的伤害，他也无须承担歉疚的风险。可是，事实是不是这样呢？事实是，如果不告诉他你爱他，如果这根从你自己心里生长出来的藤蔓不曾开花结果，也不曾被拦腰斩断，你的心里就不再会有其他的空间了。你会被这根藤蔓填满，会错过新的人、新的感情、新的人生经验。你会在这段暗恋里裹足不前，成为一个胆怯的偷窥狂，就像我一样，从十三岁开始暗恋叶升，也就一直停留在了十三岁。

不要去暗恋，要去告白。要让恋情有发酵的机会——好的，或者坏的，都胜过死去的。

如今，叶升已经娶了一位贤惠、美丽的妻子，他们有了一个可爱的儿子。我是这个孩子的干妈，而我依然单身，庆幸的是，现在，并没有在暗恋谁了。

好的青春多半掺杂着遗憾，所有的告白都输给了告别。

每次用力地告白，都是轻轻的告别

By 苑子豪

我们都是要告别了才想起珍惜的，我们都是要离开了才慢慢不舍的，我们都是故事要结局了才回想点点滴滴的。那么多可惜，才回想如果当初勇敢一些就好了。如果可以，别留遗憾，你的未来就在前头。走太慢？用跑的，和珍惜的人一起。

from 卢思浩

“流氓！”

冯笑笑一边大声骂着，一边拿手里捧着的课本打跑围上来的几个坏男生。

这些坏男生通常是青春期荷尔蒙分泌旺盛的那一群，看见漂亮的女同学，就会假装打打闹闹一路闹过去，然后找准目标，一个负责推搡，两个负责往身上撞，下次轮换。

方圆就是目标之一。

要说方圆，在正义中学那真是没有人不知道。学习好，全校的学习标杆，高二有次联考还拿过全市第一名，典型的女“学霸”。学校里的男生、女生都爱接近她，尤其是在考试的时候。所以，每次考试，方圆的桌子都是一张大长桌，以方圆为中心，方圆三米内从不安排座位。

除了学习好，她还长得美，白白的皮肤和乌黑发亮的短发，总能让人在人群中一眼就看到她。即使是满遭嫌弃的校服，穿在她身上那都叫一个青春。所以，方圆很招人喜欢，尤其是男孩子，但她绝对没早恋过，甚至连有好感，或者更准确地说，连个关系要好的异性朋友都没有。

她整天跟女闺密冯笑笑泡在一起。很多人说，她该不会不喜欢男孩子吧。

虽然没有喜欢的人，但是方圆有讨厌的人。她最讨厌不努力的人，比如郜白。

郜白是体育特长生，学校的篮球队队长。除了学习一塌糊涂外，感情也是乱糟糟，七八个绯闻女友挂在耳边，还整天念叨没有人爱。

郜白跟那些酷酷的篮球生不同的是，他喜欢招惹小女生。在人家背后拽一下长辫子，走路时候绊一下脚，拿着粉笔头从后面扔前面女生的屁股，扎爆好看姑娘的自行车胎，这些坏事他统统都做过。

郜白还欺负过冯笑笑，方式无非就是拿篮球晃她一下，或是在她的作业本上画一头猪。

不过，冯笑笑是那种典型的花痴女，只要你长得帅，怎么欺负都行。

所以一来二去，郜白和冯笑笑就打打闹闹上了。他扎漏她的豆浆杯，豆浆洒满她的裙子，她打小报告给老师告状他抄袭作业，带着恩恩怨怨就这么斗争着。

直到有一天，冯笑笑突然一本正经地站在郜白面前，说：“我喜欢你。”

年轻时候的喜欢大多数都轻松又简单，承诺容易，誓言弥漫，海枯等着石烂。我多数是抵触这些在青春期里萌发的小心动的，觉得它们不成熟、不真实、不思考后果、不顾虑结局，可是转念想想，正是这些勇敢的冲动和奋不顾身的热烈，才让青春变得那么鲜活有力。好像一个巨大无比的陨石一样，在我们的岁月时光轴上，砸下一个记忆里不可磨灭的落点。

没有过多的悬念，郜白拒绝了冯笑笑。

他只是喜欢逗一逗她，他对她根本就没有心动。

感情是世上最捉摸不定的天气，谁说不是呢。

平日埋在作业题里的方圆，根本就不会关心书本以外的事情。可是这次，她拉着冯笑笑的手去找部白算账。

部白不知所措，因为在他的世界里，冯笑笑和其他女生没有什么不同，只是自己把小小的恶作剧加在了一个容易动心的女孩身上。除此之外，再没有别的了。

其实他也可怜，从小父母离异，单亲家庭的他极度缺乏安全感，总是觉得只要身边少个人，世界就会停止转动。所以一有时间，他就去打篮球，运着球，算是有个陪伴了。

部白说，球就像人一样，只要你愿意给它作用力，它就会回应你，即使有一刻落向地面，也会在下一刻弹回你的掌心。

部白讨厌方圆的自以为是，方圆讨厌部白的无所事事。

"整天靠挑逗女生聊以自慰，你一个大男人就不无聊吗？" 方圆的话就好像在部白的心上开了一枪。

"是是是，你好，你优秀，你说什么都对！"

那天，部白像极了一个没有出息的小孩子，抹了抹眼泪，抽抽泣泣的。

在这以后，方圆好像知道自己伤害到了部白，再见到他，心里反倒是有些愧疚和自责。

部白很少再招惹女生了，每天在篮球场挥汗如雨地训练之后，抱着球骑着单车就往家里去了。

偶尔，方圆会带来方妈妈做的便当，中午的时候，就放在部白的桌上。那些天，部白就在莫名其妙中一人吃掉两份饭。吃好的饭盒放在教室后面的废弃桌子上，上面贴张字条说谢谢。傍晚时分，部白一去训练，方圆就偷偷拿回饭盒收好带回家了。

要说喜欢，那应该是没有吧。

无非就是给他加份餐，或是在部白训练结束前，偷偷去买瓶冰镇的可乐，放在他桌上。留了作业，方圆会抄写两份，一份自己留好，一份夹在部白的书里面。

当然，这些都是偷偷做的。表面上，部白就是方圆最反感、最讨厌、最不屑的那一类人。

“拿好你的作业本！烂烂的你又拿了 C。”

“部白，该你值日了，把该清扫的垃圾都清扫掉。”

“部白，班主任又知道你上课睡觉了，喊你去办公室见她。”

每次，部白都会回一个恶狠狠的眼神：“凶什么凶，你胸小了不起啊！”然后，向脸色难看的方圆吐个舌头，就快速跑掉了。

而每次当部白皱着眉头带着全宇宙的恨意扭头转身跑掉的时候，方圆都会有一个，轻轻的、低着头的、少女一般的微笑。

她开始在离开家前多花三秒钟时间照一眼镜子；开始带一把小梳子在广播操之后摆弄一下刘海；开始在体育课的时候，多往篮球架那边瞄一眼。

少女的心事就好像迷路的麋鹿，什么都是微微的、轻轻的、不确定的。

但是唯一确定的，就是她打死也不承认自己喜欢部白。

其实对于这些小心思，部白多半是知道的：作业条的字迹和方圆的笔记一眼就可以对比出来，找同桌徐大狗帮忙盯着就可以发现放在废弃桌上的饭盒是被方圆拿走的，班主任教训的末尾没留意加了句“不要再辜负同学对你的关心”。

然而，他也不会承认自己喜欢方圆。

其实，我们年轻时候都有过这种时刻，嘴上很硬，其实心动。我们总是习惯把懦弱归结为矜持，把暗恋藏在心里，不敢勇敢表达，只懂自我安慰。多少年之后再相逢了，看着那个人有了另一半，才会想说一句“我曾经喜欢过你”。

好的青春多半掺杂着遗憾，所有的告白都输给了告别。

有一次，方圆在校门口遇到小混混抢劫，柔弱的她被撕扯着书包与衣服，所有过路的人都不想惹麻烦地赶紧走开，只有部白像偶像剧里演的英雄那样挺身而出。他放下篮球就冲进人群里，不过不是想象中的英雄救美和还手打人，而是冲进去就开始一顿挨打。

五个小混混把出手相救的部白打趴在地上，吐了口痰扬长而去，剩下一旁的方圆坐在地上小声哭着。

“都怪你，你过来干吗？我把钱包给他们就没这些事了。”第一次见打架的方圆哭着说，一边哭，还一边抹眼泪。

“你说你一米八多的个子，还天天训练打篮球，结果连几个比你矮的都打不过，你怎么那么笨啊你！”方圆伸手过去摸部白红肿的下巴，嘴硬的她还不依不饶地无比嫌弃地说。

“对啊，我就是笨，我就是笨蛋，我就是笨蛋才会过来帮你！”

那天天黑得很慢，夕阳把影子拉得很长很长。部白拉起方圆，背着她送她回家。他揉着肿起来的下巴，心里念着丢了的心爱的篮球，怅然若失。

总有一种人，嘴上无比嫌弃，其实心里比谁都心疼。冯笑笑说部白与方圆，就是这样的人。

没多久，方圆退学了。

她跟着父母去了新西兰。据说是方妈妈工作的原因符合了移民政策，全家搬到了新西兰。临走的时候，方圆回了趟学校，那是距离高考还有一百天的日子。

百日誓师，所有人握紧拳头站在操场上，跟着主席台上秃了顶的教导主任大声喊着“高考必胜，我必成功”的口号，只有方圆在校园的某个角落安静地站着，告别这熟悉的一切。

郜白祝福方圆远走高飞，自己依然默默训练，就好像这一切都没有发生过。他时常练到头昏眼花，每当他晕眩着坐在篮球场上时，总感觉方圆的飞机就在头顶划过。

一百天后，郜白考上了北京体育大学，如愿以偿。

大学里的他们都像变了个人，曾经的女汉子变成了窈窕淑女，曾经的学渣当起了学生会主席。冯笑笑开起了淘宝店做代购，郜白泡到了比自己小一届的小师妹，徐大狗傻里傻气地给女朋友当牛做马。

有一次回母校看望老师，徐大狗看见槐树开了晶莹洁白的槐花，才突然想起来两年前方圆交给过自己一个任务，让郜白去操场大门正对着的第五棵槐树下，找留下的字条。然而对于这件事，两年了，徐大狗忘得一干二净。

郜白像疯了一样，跪在地上用力地刨着土。夕阳洒下不多的余晖，温暖的光落在他身上。

挖到十五厘米深处，他找到了一个铁制的饭盒，还有一封装在信封里的信。生了锈的饭盒打开后是早已经腐烂的物体，看起来应该是当年的便当，散发着一股巨大的恶臭味道。两年了，信封也早已经被腐蚀得面目全非，一个字都认不出来。

他摸着生了锈的铁制饭盒，两行暖流夺眶而出，像极了当年没出息哭哭啼啼的他。

原来这么久过去了，该软弱的都还不坚强，该遗忘的都还在心里。

一年之后，听冯笑笑说，方圆死了。

她死于乳腺癌，家族遗传，方妈妈就有这个病史，去新西兰就是治疗去了。方圆的便当里当时放的也全都是胡萝卜，每次部白嘲笑她胸小的时候，她都会脸色难堪。如果没猜错，那封信和便当应该就是那次百日誓师，方圆静静地站在学校角落里的时候埋下的吧。

至于埋下这些的时候，她有没有哭，没有人看到。

所有大张旗鼓的告别都是试探，那些心口难开的告白都成了遗憾。

每一次用力地告白，都是轻轻的告别啊。

部白跪在地上，静静地流着眼泪，好像头顶是有飞机划过的。

谢谢你

给我的爱

By 苑子文

我也是一个无比别扭的人，总觉得大爱无声，从来没有好好对我妈妈说过我爱你。我不怕跌倒，也不会想要后退，我怕他们知道了会操心。我其实没有特别大的志愿，我只希望能不让爸妈为我操心，不让人操心是最靠谱的品质。愿离开家的、漂泊的人能早日不再漂泊，能支撑起身后的人，就像他们之前一直做的那样。

from 卢思浩

二十三年前，我和弟弟一起来到这个世界上。比起其他小朋友，我无疑是幸福的，因为不管去哪儿、做什么，我都永远有一个陪伴的人。但快乐与失落总是如影随形，从小到大，内向的我都生活在弟弟的阴影下，我被他的“好”压得快喘不过气来。

念小学的时候，弟弟是第一批少先队员。当时，班里只有三五个人可以戴红领巾。当老师喊到“苑子豪”的名字时，大家都会齐刷刷地看向我。这样的事情适用于他被选为班长、作为成人典礼代表发言、以优秀中学生的身份参加北大夏令营……无数次这样的时刻，我都会装作没有看见那些充满着好奇的眼光，但却往往躲不过自己对自己的审视。双胞胎这个组合，从一出生开始，就无法避免一件事——被比较。

不论是学习，还是做人，从谈吐表达到穿着、长相，只要我们在一起的时候，每一天都在被有形、无形地比较着。可能是习惯了，所以我强迫自己不去关注其他人的目光，也不去在意外人的评价。但是，当自己的家人，尤其是妈妈也因为弟弟更优秀而偏心时，这种伤往往最难忍受。

现在的我和小时候并没有什么两样，话少、外表看上去冷酷、很难接近，用一个词来形容，就是“不讨喜”。弟弟倒是性格活泼，整天笑嘻嘻的，见到叔叔阿姨嘴甜得要命，特别讨长辈喜欢。我记得小时候父母带我们参加聚会，妈妈都喜欢拉着弟弟跟其他长辈敬酒，而我只能傻乎乎地站在旁边，眼巴巴地看着。每当大人们脱口说出“你们家老二真招人喜欢”的时候，我都在内心记下一笔失落。

小孩子的虚荣总是肤浅而外露。得了奖状，就得意扬扬地贴在墙上，恨不得跟每个来串门的客人炫耀。我和弟弟也不例外，从一年级开始的奖状，我们都贴在墙上，弟弟的奖状贴了多半壁墙，我的就少多了，只有他的一半。有一次，我得了纪律标兵，像往常一样想贴墙上，但妈妈说，好孩子本来就应该守纪律，与学习无关的以后不许贴了，她给存起来。我当然不同意，大哭大闹着要贴上去，还说：“我弟以前的优秀班干部你都贴，为什么我的不可以？”当时，妈妈也生气了，冷着脸把所有奖状都撕下来，放进了一个纸箱子里。为了这件事，我尝试了绝食、拒绝上下学接送，又连着好几个晚上没和妈妈说话来表示我对她偏心的不满。

十几年前，课外兴趣班还没有现在这么火爆，但我也相继学习了吉他、游泳、奥数、书法、画画……但除了运动的项目，其他兴趣班我都半途而废偷着退掉了。相反，弟弟却学得得心应手。我记得最后一个兴趣班，是学了很久的画画。老师让我从简笔画班转到素描班，又让我从素描班转到油画班，但还是没有一个我能坚持学好。我和妈妈说真的不想学的时候，她并没有骂我，但那一刻我知道，这次我又让她失望了。

我记得中学那会儿，有一次物理老师批评我的卷子答得一塌糊涂，而弟弟答得一如既往的漂亮。我在被训话的过程中，听到了太多个“你看看你弟弟”“你跟你弟弟比比”，于是在那个怕老师怕得要命，连一个“不”字都不敢说的年纪，我甩下了一句“以后别拿我和我弟比”，转身就走了。昔日的乖孩子居然敢顶撞老师，不出意外地，我被叫了家长。

妈妈从学校回来的时候，我试探性地在她面前晃来晃去，但她却没有多说什么。那是我第一次被叫家长，但妈妈却像什么都没发生一样平静。吃饭的时候，我实在忍不住了，问妈妈今天和老师谈得如何，妈妈说：“以后，你不许顶撞老师，从小就教你尊师敬长，以后再不礼貌，就别吃饭了。”我扒了口饭就回到房间了，向来倔强的我没有流眼泪，但内心委屈极了。明明妈妈应该向着我的，但又说我的不是，也许在她心里，我真的就是这样不堪吧。

这些积压在少不更事的少年心里的怨念、委屈和猜测，都在慢慢叠加、膨胀，直到有一天，爆发。

那是大学后的第一个学期，我在准备出版第一本图书，并且创立了一家护肤品公司，平日要忙着上学，还要写作、打理公司事务，总是连轴转忙得不可开交。那几天，赶着公司进入新一轮发展规模，用脑过度，需要操心的事情也很多。晚上回家时，我埋怨弟弟也不知道帮我分担，弟弟说我愿意自己干，就别怪罪别人不帮忙。于是，我和他发生了小小的争执。按照惯例，他去找妈妈评判。结果，妈妈说：“现在如此，将来与他人合作也是如此。如果当初选择自己做，后来没有提出来让别人帮忙，就不要怪罪别人。”

也许是压力太大，多年积攒的怨气瞬间爆发，我冲着妈妈大吼：“对，没错，你就知道护着你小儿子，不让他干这个，不让他干那个，从小你就知道让我让着弟弟，但你想过我的感受吗？”妈妈是一个讲理的人，当然也没有惯着我的坏脾气，放高音量和我理论起来。这个架势把爸爸吓到了，他赶紧把我们拉回各自的房间。晚上，妈妈气消了，给我端了一杯牛奶送到房间。我却依然说了很多赌气的话，言语间把这些年对她偏心的所有不满全都倾泻出来。话讲得很难听，妈妈大哭起来，问我怎么这样想她。我就像失去理智一样，继续胡言乱语，然后反锁了房间留她一个人在外面。

时间过去三年多，我已经忘记当时我与妈妈是怎么和好的了，只记得她给弟弟发过一条微信，大体是说这么多年，她一直很愧疚，小时候忽略了我的感受，也没意识到自己有意无意的偏心给我带来的伤害。

转眼我已经快毕业了，长大成人的我，越来越体会到妈妈的不易。我和弟弟就像天平的两端，哪个高了一点都会破坏平衡，而妈妈就是那个不断给我们加砝码的角色。她一生都在小心翼翼地、不动声色地让这个天平保持着大体平衡。

买衣服要买一样的，如果弟弟抢了我的好吃的，她就多买一份给我。长大一些，妈妈会精细地算着，这次吵架要我让着弟弟，下次就一定会批评弟弟，让他听我的。坐飞机出去签售，虽然我们一直都是在一起，但妈妈总是给一个打完电话，给另一个打，哪个都不能少。二十岁成人礼物，弟弟要了一台 iPad，我当时无法理解，为什么妈妈在我坚决不要礼物这种形式化的东西时，还是坚持给我买了一台。但我后来明白了，这是她作为一个母亲的原则，她不希望在儿子的成人礼物上，有一个人空缺。当弟弟取得成绩时，妈妈的夸奖总是轻描淡写，因为她更在意此时我的感受。当我失落或退步时，妈妈没有过多地介入，因为她希望我知道，我不比任何人差。

妈，我知道，从我们呱呱落地到高过你一头多，从我们衣食住行到人生选择，你一直都在小心翼翼地维持着我们之间的“相同”。当敏感的你发现我有些心理失衡时，你开始了漫长的、细致入微的“纠正”。你花费了大把的时间和心思，给我更多的关怀和鼓励。最难的是，你额外给予我的这些爱，不会多得被我发现，又少得不被察觉，拿捏得异常辛苦和用心。就像做一餐饭一样，从主食到汤羹，每一样都打理得漂亮。

妈，我知道，你一直都是爱我的，甚至比爱弟弟更多地爱我。这些年过去，我听着那些年你为我花费的小心思，终于忍不住一把搂住你，流了眼泪。

小时候带我参加你们的聚会，你知道我不如弟弟会讲话，而那些大人又总会很粗心地说，“弟弟比哥哥说得好”，所以你就不强求我，以减少我的尴尬，也维护一个小孩最简单的自尊。但你每次都会跟他们夸我懂事，还故意说：“我们家老大特别有哥哥样儿，什么都让着弟弟。”你看见我被外人夸奖，得意地笑时，心里也在偷偷地给我竖着大拇指。

那次撕奖状，是因为你知道我很难拿到学习以外的奖，而热情的弟弟从班干部到少先队标兵，再到三好学生，会比我多出很多，所以你就规定一律只能挂与学习有关的奖状。而把奖状从墙上摘下存好，也是你早就想好的计划，因为你怕我每天看着心里有负担，于是借着机会把所有奖状摘了下来。

那些年，我退掉的兴趣班，其实你都知道，只不过你不想强迫我，也不想逼我亲口说出“我学不好”。但是尽管如此，家里裱起来的画，有弟弟一幅，就有我的一幅，你把弟弟得奖的画，和我画得很普通的画挂在一起。我问你为什么我们画得差那么多，还可以被挂上去，你说在妈妈看来，都一样好看。

哦，还有，若干年后的同学聚会上，我的初中班主任跟我说，就因为老师说我不如弟弟，一向慢声细语的你和物理老师大吵了一架，你在办公室哭得直发抖。后来，你去拜托我的班主任，一定要帮忙让老师少拿两个孩子做比较，因为在你看来，我和弟弟一样优秀。

妈，谢谢你给我的爱，我想我终于明白，你一直用心良苦地经营这个天平，哪怕一阵风吹得两边摇摆，你都要赶快把它扶稳。这么些年，你真的太辛苦了。

永远的英雄

By 穆熙妍

有时，就算我们成长得再快，比起家人老去的速度，还是太慢了。

我一直忘了告诉你，你永远是我寂寞天地中的大英雄。

from 卢思浩

1

我是从小跟着爷爷、奶奶长大的孩子。

小时候的我不太可爱，堂兄弟姐妹比我聪明的有，比我能说会道的有。据说我最让人乐于称道的就是脾气好，不哭、不吵、不闹，放在沙发上给几块饼干，就能安安静静地坐一下午。我还能独自在漆黑的房间安稳睡一夜，晚上也从不需要起来换尿布。

大人都说我这样的个性，是因为差点儿被打掉。

我上面有个大我一岁的姐姐，脾气比较倔，不是很好带。她出生后才几个月，妈妈就发现自己又怀孕了。我们家重男轻女，年轻的她因为累，又发现是个女孩，因此很想拿掉，专心带老大。当时都已经约好医生了，是爷爷坚持把我留下来的。

“又不是养不起，何必造孽，”他皱着眉头说，“照顾不来就送出去带好了。”

身为媳妇的妈妈不敢违背公公的话，默默地转身回房，但整个怀孕期她都在流泪，哭着对肚子里的我说要认命一点。几个月之后，她生下了第二个女孩，果不其然没得到多少注意力。唯一值得夸耀的就是，这是个让所有人啧啧称奇的乖婴儿。

从这点看来，胎教是绝对有根据的。

事实上，因为我太过安静，满两岁的时候，我爸秉持着“太乖的小孩铁定傻”的逻辑，带着我去请医生检查。

“她是不是智力发展有问题？迟缓之类的？”我爸认真地问。最后，是医生再三保证我完全没事，他才半信半疑地回家。

“这孩子是存心来做人的啊！”我爷爷会摸着我的头，怜爱地说。

知道进退，大概是我从有记忆以来最大的优点。

而爷爷，在我心里就是救命的英雄。没有他的一句话，就没有现在的我。

2

我爷爷本来是军人，黄埔军校第十三期毕业，后来和奶奶到了台湾。那时候，我的大伯父还是个手抱的婴孩。他有四个儿子，我爸排行老三，妻儿都住在眷村里，与邻居守望相助。

我对那个地方还有一些残存的记忆，木造的老房子，地板离路面还有一点空隙。房子一排一排，旁边就是湖和树林。小时候，我和朋友们穿梭在其中，裙摆揉碎树影，帽檐触碰湖边。夏天能做的事最多，可以采花、捕蝉、捞鱼，大人们老吓唬孩子说草丛间飞舞的萤火虫是鬼火。冬天就比较无趣，被裹得严严实实的我，老盯着树梢上飞跃的松鼠，心想隔壁小飞的爸爸说，用香蕉和老鼠笼就能抓一只下来养的这件事，不知道是不是真的。

那是我幼儿园时期的生活。在那之前，我真的如同爷爷对妈妈说的，被送到保姆家去养，周末才带回家。我对那段经历没多少印象，只模糊记得保姆很凶，而我的屁股老是很凉。

后来证明我只是话少，不是人蠢，因为我的记忆是对的。

有一次，爷爷偷偷去探望我，想要知道保姆对我好不好。结果，他从窗户栏杆中窥探，发现我坐在地上，手中只有一碗白饭。在旁边的保姆殷勤地把大鱼大肉都喂给自己的孙子，那个小孩身上还穿着家里给我的衣服。

我爸唾沫横飞地形容，当时爷爷气得拐杖一顿，伸脚就把门踹开了。

他一把抄起我，头也不回地扬长而去。回家再把我塞到我妈怀里说：“以后自己的孩子自己带。”

我听过这个故事无数回，每次都脑补电视上一手捋起胡须，一脚踢起长袍，虎虎生风进场的关羽或是包青天。尽管爷爷除了身高，和这些戏里的英雄没有丝毫相似之处。他总是坐在进门的第一把椅子上翻报纸，从我的角度看不出来到底有没有在听这些活灵活现的情节，不过他会从鼻孔哼出声音，表示还在生气。

“那时候，你到哪儿去了？”有一次，我突然想到一个重点，睁大眼睛问我爸。

“我在公司上班啊！”他理直气壮地回答，丝毫不觉得有责任搭救受苦受难的我，“何况你小时候那么胖，少吃点有什么关系？”

我总觉得这句话似乎不太妥当，又觉得好像有哪里是对的。

但可以肯定的是，爷爷又救了我一次。

3

回家住之后没多久，我就开始上幼儿园。学校离家很近，走路就能到。学校很小，里面的同学都是邻居，谁家有几个人，爸爸、妈妈在哪儿工作都知道，兄弟姐妹就在隔壁班，我姐姐当时被欺负了就跑来找我哭诉。我总会威风凛凛地去找那个男生单挑，然后再灰头土脸地被老师拎回自己的教室。

当时，家里有条混种大白狗，每天陪我们上下学。走进校门后，转身对它挥挥手，它就会自己离开。等放学时间到了，它会出现在对面的路口，伴随着我们踏着暮色回去，风雨不改。

我三岁的时候，爷爷已经从部队里退休。他以前是炮兵团的团长，长期在部队里，很少回家，后来弃军从商，那年他已经六十岁了。生意做了几年就交给我爸，爷爷的时间变得很多。他以高龄考取驾照，常常开着车到处跑，听说英文很重要，还去报了补习班。可能日子还是太无聊，爷爷的脑筋很快就动到我们姐妹头上。

于是上学期间，他会出现在校门口，表示有急事要带我们走。老师显得很狐疑，问他是什么急事。不擅长说谎的爷爷总是结结巴巴，最后拐杖一顿，急忙迸出一句："她们生病了！"

姐姐和我立刻捂着嘴咳嗽，一副病入膏肓、随时昏厥的样子。

这招很有用，我们祖孙三人屡次得逞，在沙场上号令自如的爷爷紧紧握住我们的手，战战兢兢地走出校门，直到上车了才呼出一口气。爷爷会开车带我们到处去玩，然后在放学前把我们送回学校，耳提面命今天的事绝对不能说出去。当时，我自觉演技高超，可以在健康与生病之间随时切换，而老师们好傻好天真，都没发现我满口袋的糖果和饼干。

一直到读小学之后，有次遇见以前的老师，她看到我就说："我记得你，以前你爷爷常带你逃课！"

我才明白天真的是我，老师们只是温柔。

这个小计谋一直很妥当，直到有天爷爷没把电影散场的时间算好，家里的大白狗放学了接不到人，最后奔回家狂叫，惊动了奶奶，而奶奶叫上了爸爸。

我还记得那天姐姐和我一进门，就看见难得早回家的爸爸脸色铁青着坐在客厅，爷爷满脸尴尬，奶奶摇头叹息。我们姐妹俩很不中用，一被审问就全招了。爷爷在一旁扼腕，眼睁睁地看着自己带的兵瞬间变成叛徒，一点坚韧不拔的毅力都没有。

他的心情我明白，因为我也眼睁睁地看着口袋里的零食全被没收，一包都还没来得及吃。

我爸年轻的时候火气很大，没说两句就要体罚。他到处找藤条却遍寻不着，于是一声大吼："家法呢？！"

没人敢搭腔，我妈偷偷伸手指了指我爷爷，大家不由自主转头往他的方向看。

只见爷爷挺起了胸，丝毫不退让，用力将拐杖往下一顿："不见了！"

后来我才知道，在我们回家之前，爷爷看风向不对，早就明智地把藤条藏起来了。

只见我的爸爸盯着他的爸爸，两个人对峙了几分钟。终于，儿子大叹了一口气，投降坐下。

这是我第一次见到我爸吃瘪，心中的震撼有如天崩地裂。古人说“一物降一物”真是智慧，难怪爷爷和我们这么合，因为敌人的敌人就是你的好朋友。

盛怒之下的爸爸没地方出气，最后指着门口的大白狗骂：“这个没用的东西，主人放学都接不到！”

我妈别转了脸，很想笑但是不敢。大白狗竖起耳朵歪着头，露出了无辜的表情。

4

上小学之后，我开始意识到爷爷不太一样了。他原本矫健的步伐越来越慢，曾经挺拔的身形越来越弯。在孩子们都等不及快快长大的那个年纪，我倒希望岁月慢下来。爷爷被检查出心脏有问题，尚年幼的我还不太明白死亡是什么东西，大人们语重心长地说：“那是会让爷爷离开我们的病。”

他倒很豁达，只是开始安排很多事。当时探亲还不太方便，但他坚持与爸爸回了扬州一次。爷爷见了亲戚，修了祖坟，把心里的乡愁与思念清空，以满足和安乐盛满。十几年后，长大了的我回去，面对着树荫浓密、矮墙环抱的一小块地，我站在爷爷曾经驻足的地方，与大我很多岁的堂兄们并肩而立。

凉风拂面而来，像一只轻柔的手。

“以前我们家族可有钱了，站在这里转三百六十度，能看到的地都是我们的。”堂兄们这样说。

“哦？是吗？”我很感兴趣地问，“那现在剩多少？”

他们抓抓头回答我：“就围起来的这点了。”

我们一起弯腰大笑，久久不能起身。我的大堂兄是国家认证的大厨，他爷爷和我爷爷是兄弟，我们对照彼此听过的故事，好像把彼此未经历的童年又活过一次。他说我爷爷从小就是个暴脾气，我怎么都很难把这样的形象与藏藤条的爷爷连在一起。

“大哥我是厨师，以后你来扬州，总有你吃的。”堂兄拍拍胸脯保证，“人家都说嘛！大旱三年饿不死厨子！”

虽然我胃口不大，下次去扬州也不知道是何年何月，但第一次见面的亲戚这样说，让我非常感动。

知道自己身体有问题之后，爷爷把遗嘱也立好了，内容是什么我不清楚，据说四个儿子也不想知道。爸爸很避讳这个问题，谁提，他要生气的。这种心情一直到前几年我才体会到，当时刚开刀的爸爸在病床上对我说："以后我分给你……"

眼泪瞬间盈满眼眶，我立刻捂住耳朵："你别说，我不要听。"

人之所以逃避，是以为不知道的事，就可以不发生。

我九岁那年，爷爷开始寻觅墓地。他自己开着车到处寻访，最后选择了一座山上的地点。那天，爷爷回来，愉快地宣布他找到了，这个地方叫作某某安乐园。接下来，他说了什么我早已忘记，只记得"安乐园"这三个字让我竖起了耳朵。我以为那是某种主题乐园，和迪士尼一样，里面有过山车、海盗船之类的，于是黏着要他带我去。

爷爷终于被吵得不耐烦，一把推开我说："胡闹！那里岂是小孩子去得的！"

记忆里，那是爷爷第一次对我凶。我很委屈，都说是乐园了，怎么小孩子就去不得？小孩子不能去，难道是给老人去的吗？

大约是看我可怜，爷爷又把我拉回来，他让我坐在他腿上："爷爷不是不带你去，那地方不是玩的……"

说着说着，他哽咽了，将我紧紧抱在怀里："爷爷希望你平安长大，以后都没有机会去。”

那个时候，我仍旧不明白什么乐园不是给小孩子玩的，但还是很顺从地点点头。我隐约知道这是一件很严肃的事，因为他的声音有点颤抖，双臂非常用力。

因为自从我长大之后，爷爷说他的膝盖吃不消，已经很久没让我坐在他腿上了。

原来英雄也会软弱，英雄也会老。

5

我十岁那年的大年初二晚上，工厂办年会，那是每年的大日子，爷爷的许多朋友与同行都来吃饭。我们工厂里很多人都是从小看着我长大的。他们是爷爷从大陆带过来的袍泽，退伍后就跟着他做事，逢年过节没地方去，常常就在我们家吃饭。

许多人离开家的时候还是个少年，现在已是满脸皱纹的老人；当初以为很快就能回去，而这辈子再也没有见过家乡。

爷爷特别高兴，喝了一点酒更显得红光满面。我记得那年冬天特别冷，带着一种刮过让人觉得刺骨的寒风。当晚，他就心脏病发作，被爸爸连夜送进了医院。我是早上才知道的，脑海里出现晚上吃完饭，爷爷被扶着上车回家那一幕：他圆圆的脸上充满笑意，像个孩子一样开心。

我再看到爷爷的时候，他的身上插满管子，脸上戴着氧气罩，躺在加护病房的床上。妈妈替我穿上一件宽大得滑稽的绿袍子，牵着我的手去床旁边看他，据说我们只有十分钟相处的时间。

我不知道该说什么，只能一直摸着爷爷的手，那只手上每个茧与斑点我都如此熟悉。他像是感应到了，勉强转过头来想要看我。爸爸连忙按住他，爷爷急得握着拳头猛敲床。妈妈将我往前一推，示意我对爷爷说话，我想了想，在他耳边说："爷爷，你什么时候回家？"

他已经不能回答了，只能紧紧握住我的手，泪从眼尾深刻的皱纹里汩汩流下。

入院两天后，爷爷因心肌梗塞在加护病房过世。我们全部跪在病床旁，黑压压的一片人。当时，我弟弟才五岁，还不知道发生了什么事，傻乎乎地站在一边，被我妈硬是压下。我第一次看到爸爸和叔叔、伯伯们哭，心里有点害怕，眼角看见盖在爷爷身上的布有点歪了，露出我前一天才握过的手。我赶忙握住他，爷爷一向是我的靠山，挨着英雄近一点总没错。

那只手很冷，我吓了一跳，突然鼻子一酸，哭了出来。我一边哭一边想，爷爷现在终于能去那个乐园了，我怎么可以哭，应该要为他高兴才对。

可是，我一点儿都不高兴，我只想爷爷和我回家。

6

丧礼那一天，我们一早就被叫起来，穿着孝服在灵堂跪好。许多熟面孔的老人家陆续出现，有的默默流泪，有的撕心裂肺。他们穿着黑色或白色的衣服来和爷爷说再见，鞠躬的时候杂乱无章，你起他落像是零星的琴键，以充满哭声的旋律向挚爱的老长官告别。

那天，我终于见到爷爷不让我去的安乐园。它在一座山上，面朝大海，视野很好。我看着石碑上爷爷的照片，心里默默地想：爷爷，你说得没错，这不是小孩子来的地方，现在我知道了。

爷爷走后的某一个下午，我走进他的房间，里面还是原来的样子，充满着他的气味。拉开爷爷床头的抽屉，第一格整整齐齐地放着一大盒口香糖，这是他准备趁爸爸和奶奶不注意，偷偷塞给我们吃的。床上躺着他的英文课本，爷爷因为重听的缘故，记忆力又不好，学了大半年，永远都在第一课。

他的拐杖就放在墙角，我仔细端详，上面被爷爷的手迹磨得很光滑。我拿起沉重的拐杖，学着他往地上一顿，这是我记忆中英雄出场的声音。在这“咚”的一声之后，爷爷说的话没人敢违背。

我一下一下地顿着地板，咚咚声越来越空洞。我终于意识到无论再怎么敲，曾经拯救过我无数次的爷爷真的是走了。

我扔下拐杖，痛哭失声。

7

爷爷离开已经二十几年。每年，我们都扫三次墓，能到的人绝不缺席。爷爷墓碑的旁边，十几年后添上了奶奶的名字。扫墓的气氛从原来的沉重变成温暖，我们会聊聊大家的近况，然后一起去吃一顿饭。

不变的是，站在爷爷选的山坡上往海边眺望，视野依旧开阔。我想这里终究是个乐园，因为英雄值得去美好的地方。

爷爷，后来，我很久没逃课了，书读得还行，可我愿意再装一次病。我想和你去看电影，让你再给我的口袋里装满糖果和饼干。这次，我会演得好一点，就算爸爸找到藤条，也绝不把你供出来。我们可以手牵着手，撒很拙劣的谎，沾沾自喜以为骗过了全世界，其实只是被温柔包围。

现在的我很少示弱，不太需要拯救，但我愿意再做个犯错的孩子，只为了再听一次心中永远的英雄那顿地的拐杖声。

你是我遇到过的，最好的姑娘。

她打电话的地方

By 牛超

如果重逢，你想说些什么？如果没有分别就好了。我和你终于失去了联系，你在我看不到的世界里生活着。你是我见过的最好的姑娘，我们会一起变老的，像我们约定的那样，只是天各一方。

from 卢思浩

赵小帅不小了，再过一个月，他就已经三十岁了。

三十岁的赵小帅是个沉默寡言的家伙，他每天要做的事总是异常单调：起床，遛狗，把昨天从便利店买好的三明治塞进微波炉，然后带着热好的三明治去上班。

他在一间画室当老师。从美术学院（下文简称“美院”）毕业没多久他就在这儿了，学生走了一拨又一拨，只有屈指可数的几个进了美院。当他接到学生报喜的电话时便咧嘴笑上一笑，挂掉电话，也不会为此觉得有什么好满足的。

他并不热爱这份工作，画画这件事，会便会，不会，教也教不会的。他把自己的时间耗在这儿，完全是因为给钱不少。

肯为钱放下梦想的艺术家大多因为两件事——吃饭和姑娘。赵小帅属于后者——他是一个一日三餐都可以吃三明治的人。

遇见李晚的那天，是他刚刚办完自己的毕业展的时候。李晚站在他的画前看得入神，她完全没发现站在她身边的赵小帅。他侧头看着她，不动声色的。

李晚站在那儿，头顶的射灯勾勒出她锁骨的线条，小巧的鼻子仿佛因为灯光的温度渗出细小的汗珠，然后她咧开嘴笑了——那幅画是赵小帅自己正儿八经的自画像，怎么看都看不出她的笑点在哪儿。

可赵小帅并不关心她的笑点是什么，因为赵小帅从没见过这么白的牙齿。

“你用什么牌子的牙膏？”

“纳爱斯。”

李晚仿佛并不惊讶身边忽然发声的赵小帅，她连头都没转过去，始终盯着画里的赵小帅。

“你说，画里这人，有没有可能是智障？”

“？？？”

“你看他的一双眼，隔得好远。”

李晚这才转过头，看到了“隔得好远”的本人。她愣了愣，确认了一下眼前的人就是当事人，她的鼻血就顺着人中流到了嘴唇上。

这鼻血突如其来，就像一见钟情突如其来一样。

赵小帅忙着掏出纸巾帮李晚塞住鼻子，却咽下了一句直到很久很久以后，都没说出口的告白。

李晚比赵小帅整整小一轮。也就是说，那一次相遇的时候，她还没满十八岁。

从初三勾搭的第一个姑娘到现在，赵小帅做“禽兽”已经十五年有余。只要他视为猎物的姑娘，几乎无一幸免。

“我不同意你用‘幸免’这个词。”

他总是和自己的好兄弟阿福争辩。

“只有说到不好的事情，人们才用‘幸免’这个词。能被我纳入可以交往的目标范围内，可是一件牛 B 大闪的事。”

阿福叹了一口气。

“叹啥气啊你？”

“你该把交往换成干。”

赵小帅会追着阿福打一阵子，但是他心里清楚，他把爱都给了画板，对姑娘，他大多只能给她们一些爱的体液。对于那些不满足只得到他体液的姑娘，他选择送一幅画给她，告诉她多年后这幅画将在嘉德秋拍会上拍出个天价。姑娘感激涕零，再度投入他的怀抱。

第二天，赵小帅便会杳无音信。姑娘等了很多年，那幅画依旧卖不出去。

赵小帅是有才华的，这在美院是公认的，只是他不会和那些做艺术品经纪的人打交道。画得再好，没有这些人在后边煽风点火，还指望有人认画不认钱？

这个问题在遇到李晚之前，从不是个问题。

李晚是第一个让他可以一个礼拜不碰画笔的姑娘。

爱情大部分时候都是艺术的绞刑架，有了可以燃烧多巴胺的姑娘，坐在画架前就越发不知道怎么下笔了。

那半年，说来奇怪，赵小帅很少碰画笔，但令人讶异的是，他也从没碰过李晚。

那么，原因呢？

他把原因归于一个词——初恋。

曾经有一次，赵小帅和阿福在他家看“岛国特产”。阿福血脉偾张，赵小帅却淡定自若。阿福不解。

“据我所知，你这年纪，不应该啊？”

赵小帅笑笑：“就算让我大摇大摆地走进女澡堂，我依旧可以这样淡定。经验多了，自然可以克制。”

但是，赵小帅并不知道，在之后的人生里，还会出现一类无法用经验论归纳总结的人和事。他虽手握乾坤，定力非凡，但依旧会出现这么一位姑娘，让他见一次，硬一次。

可越是这样，他越是忍了，老大不小遇到初恋，他不想被自己的下半身毁了。

他觉得一切的忍耐都是为了纪念某一个值得纪念的时刻——他要把十五年的套路换成一次真正的告白。

就在他费尽心思准备好了台词，穿着一身只有在他爷爷下葬时才穿过的西服来到和李晚相约好的西餐厅时，他得知了李晚的新打算——她想出国。

李晚学服装设计，圣马丁给了她 offer（录取通知书），她没理由不去。只是，她没钱。

她爸妈都是工薪阶层，拿着死工资，十年前买的房子到现在都没还完房贷。

圣马丁对她的家庭来说，就像一台蓝光影碟机遇到了一盘录像带，它们谁也不认识谁。

她管赵小帅借钱，利息按银行死期算，三年还清，她知道赵小帅不会推辞。

赵小帅确实没推辞，但他瞬间有一种后悔的感觉，不是后悔答应了李晚，而是后悔自己曾经睡过“茫茫多”的姑娘，送出去了“茫茫多”的画。

就算只卖画框、画板，也值回个成本——他要去哪儿凑这小一百万元的学费呢?

他当然不会在李晚面前显露半点为难。

“睡过的姑娘都满意，说明我还是有一技之长的。实在不成，就去做鸭。”赵小帅天真地想，但他却不知道，愿意和他睡的姑娘大部分都睡的是他的才华，而那些花钱要睡男人的姑娘，在乎的可不是才华。

赵小帅管阿福借了第一笔钱，笑得阳光灿烂般地把李晚送去了机场。

“我还有事啊，你自己吃点东西再安检吧。”

赵小帅头也不回地走了。

那位游说了他很多年的画室老板正在机场外面等他。赵小帅不小了，再过一个月他就三十岁了。三十岁的赵小帅是个沉默寡言的家伙，他每天的生活单调异常。

一天里，唯一能让他打起精神的事，就是凌晨的时候和李晚的一通电话。

三年，每天如此，他几乎不太说话，只听李晚在电话里毫无逻辑地和他分享着在英国的一切。

第一年，她和他说她的一切：她遇见的人，身边发生的事，她好与不那么好的心情。

中间一年，她开始细碎地描述她一天里都干了些什么，在哪个图书馆坐了坐，在去学校的地铁站里遇到一个有趣的乞丐，又在哪个秀上看到了一件了不起的设计。

最后一年，她搬家了，她总在打工的便利店旁的电话亭给赵小帅打电话。没话说的时候，她就会和他说说，她打电话的地方。

那是一条斜斜的长街，电话亭对面是一对老夫妇开的卷烟店。丈夫每周四都会背着渔具去钓鱼，他恰巧会在她打电话的时候回来，脸上的表情代表他今天的收成好坏。再往下是一家年久失修的花店，老板是个总爱带着英国腔碎碎叨叨的小伙子。通常，李晚挂掉电话的时候恰巧赶上花店关门，老板会抽几支花送她。作为回报，李晚总是在周末烤蛋糕的时候切出一角给他。

赵小帅对此意见颇多。李晚告诉他，这是英国人礼尚往来的最不暧昧的方式。她的室友甚至为了一束花就去参加了一个 SM 聚会，室友回家的时候，她差点就报警了。

她也会说起，那条街两旁种满了三色堇，建筑高矮不一错落有致。邻居大多认识，见面的时候会微笑着问好，但这并改变不了英国人在李晚心里冷漠的印象。

她唯独不聊便利店里的事，有几个店员，什么时候生意最忙，她一概不说，赵小帅也从没在意。

那一年里，他画得最多的，就是那条街，细数起来竟有几十幅，想来就算住在那条街上的都没有他那么熟悉那儿吧。

三年了,李晚开始陆续地还钱,赵小帅想说你留着自己花,却没说出口。

因为这三年，他们在电话里从人生哲学聊到了下三路，从莫奈聊到了麦昆，就是没聊过他们之间的关系。

“我也算陪着你长大成人了。”

十八岁生日那天，是赵小帅唯一一次和李晚视频。李晚在镜头里哭了，哭着哭着就把赵小帅也弄哭了。

“别哭了，别哭了，我知道你想我，呜呜呜呜。”

李晚边哭边摇头。

“我不是因为想你，呜呜呜，我觉得自己，呜呜，特别差劲。”

“呜呜呜，你别这么说，你是我遇到过的，呜呜呜，最好的姑娘。”

李晚哭得更厉害了，她环抱着摄像头，就像环抱着赵小帅一样。

赵小帅甚至能感觉到她的体温。那种温度，几乎让他觉得自己又回到了青春期。

他日复一日地无聊和烦闷，他几年来放弃的在平凡世界里唯一能让他感到高潮的英雄梦想，一下子都变成了一片片晶莹剔透又不可言喻的小碎片儿，在他的眼前，爆炸了，消失了。

“值得。”他这样对自己说。

阿福总问赵小帅：“这三年，你们天天打电话，就视频过那么一次？”

赵小帅点点头。

“你不会忘了她的样子吗？”

“你要是特别想见一个姑娘，你总能想办法见到她。”

阿福看了看赵小帅的下半身，点了点头。

“春梦了无痕啊。”

赵小帅又追着阿福要揍他。

他继续教一群画笔都拿不稳的孩子画画，告诉他们，画画是这个世界上最伟大的事。

“为什么伟大，老师？”

“不用花什么钱，就能和喜欢的姑娘睡觉。”

“还有呢？”

“如果你爱一个姑娘，你的画，可以帮你告白。”

他在李晚走的第四年，计划着他从没说出口的告白。

他终于等到她长大，是时候了。

他偷偷买了机票，偷偷查好了从机场到她住的区的地铁线，但是他完全没问起过她的具体住址。

他没问过她的住址，但他却比谁都熟悉她打电话的地方。

他把几年来画过的画用修图软件串联了起来，做成了一幅街景复刻版，他见人就问："Have you seen this place？"

人们摇头，他一点都不觉得气馁，就算让他这样问上一个礼拜、一个月，一想到李晚见到他时的表情，一想到她会哭得梨花带雨跑过来给他一个拥抱，他就又挺直了腰板，信心满满。

运气好的赵小帅，当晚就找到了那条街。

晚上八点半，他准时接到了李晚的电话，他的心脏跳动的声音，甚至让他听不清李晚的声音。

"你说话怎么直发抖？"

"有吗？"

他和她一如既往地闲聊。一路上，他所见的一切，都像是从李晚的声音里，从他的画布上走了出来。

街边，开满了三色堇。

卖花的小伙子有一头红色的卷发，他正和一个男人就玫瑰花的价钱争执着。迎面走来的大叔背着渔具包，手里空无一物，他板着脸，走进了赵小帅刚刚经过的卷烟店。

赵小帅想了想，这一天恰巧是周四。

卷烟店对面，是一家便利店，李晚就站在便利店前的电话亭里，她用肩膀靠着玻璃门。一如三年前，她还是那样年轻、漂亮。

赵小帅的眼睛一下子就浸满了泪水，他对着卷烟店的玻璃门照了照，整理了一下衣服和头发，三年，他已经变成了一个准大叔。

他全身都因为一种不能自已的情绪而颤抖着，他点起了一根烟。

“还有多少学时？我都等不及了。”

赵小帅尽量佯装镇定，平复语气。

“还早呢，今年之内吧。”

“回来，想去哪儿工作？”

赵小帅看着李晚，她脸上的笑消失了，听筒里一片沉默。

赵小帅有点恍神。

“不想来北京？没事儿，你去哪儿，我去哪儿。”

李晚用手指头卷着电话线，好像有什么话说不出口。

“赵小帅，我……不想回去了。”

赵小帅愣了一下，他下意识地躲到了一家报刊亭后面。这时候，他不能让她看到自己。

“不回来了？那，我去找你？”

又是一阵沉默。

“今天先不说了，我还要盘货。”

李晚先挂掉了电话。

她走出电话亭，长长地出了一口气。便利店的门开了，一个英国男孩走出来，穿着便利店员的衣服。他和李晚打了招呼，两个人说了两句话，一起走回了店里。

进门的那一刹那，男孩拉住了李晚的手。

他拉住她的手，她上前一步，又用自己的另外一条胳膊，勾住了他的胳膊。

便利店的门关上了，赵小帅的香烟烧到了头。烟灰啪啦啪啦地落在他新买的皮鞋上。赵小帅攥紧了拳头，他必须要冲进便利店里，让她给自己一个交代。

就在这时候，李晚走出来了，她和那个男孩换了一身自己的衣服。他们牵着手，沿着街边走。

他就在街对面，跟着他们，再一次走过了那条他无比熟悉的街。赵小帅无数次想冲上去，挥起拳头胖揍那个英国佬一顿。可他最后，都忍住了，因为他看到了李晚的笑。

第一次见李晚的时候，她看着他的自画像，也是这么笑的。

“你说，画里这人，有没有可能是智障？”

赵小帅忽然想起了什么。他打开背包，拿出一条新款纳爱斯全效净白牙膏，扔进了手边的垃圾箱里。他从没见过这么白的牙齿，现在他才知道，这和纳爱斯没什么关系。

当晚，他打道回府。

在李晚每天上学等地铁的地铁站，他站在一处画着候车区黄线的一侧，冲着地铁站里的摄像头比着剪刀手，咧开嘴傻乐，路过的人投来讶异的目光。

“如果你特别想见到一个姑娘，你总能想办法见到她。”

在赵小帅电脑的网页收藏夹里，仅有的一个网址，不是色情网站，也不是油画作品交流论坛，而是一家付费的世界各地的公共摄像头直播平台。

他仅仅开通了一个地方的摄像头画面。无数次，他透过电脑屏幕目送着李晚踏进地铁车厢。

在他离开北京之前，他设定了录像模式。

李晚等地铁的时候，总是站在那条黄线的一侧，于是，赵小帅就站在另一侧。

那成了他们之间，唯一的一张合照。

赵小帅回到了北京，依旧在画室里教画画。他再也不沉默寡言，遇到再差劲的学生，他都笑脸迎人。早晨起床，他再也不吃三明治了，他会给自己做一顿像样的早餐。

要是有学生考进了美院，他简直比当年自己收到录取通知书都要高兴，张罗着和学生喝一顿大酒。

“画画啊，真是一件特别伟大的事儿。”

喝醉了，他总是红着脸这样说。

三十岁生日的那晚，是他和李晚最后一次打电话，就像她十八岁生日的时候一样，她哭得喘不过气来。

“呜呜呜，我觉得，呜呜呜，我真的很差劲。”

“你别这么说。”

“呜呜呜，我要搬家了，我传给了你一张照片。”

赵小帅的手机亮了，传来了一条彩信。

彩信附带着标题：

“我打电话的地方。”

赵小帅没有犹豫，删掉了那条彩信。

“你别这么说。”

“你是我遇到过的，最好的姑娘。”

世界是黑的，但他们有光。

七喜

By 花大钱

当我遇见你的那一刻，我就知道自己喜欢你。我以为我百毒不侵，却唯独对你没法免疫。这世界上最幸福的事，大概就是我喜欢你的时候，你也恰好喜欢我。牵手时满心欢喜，空气的味道都是甜的。以前，我对一切都怀疑，可因为是你，所有的一切我都开始相信。

from 卢思浩

1

你的衣柜里都藏了些什么？是祭奠自己四十五公斤的岁月，小鸟一样回不来的 S 号牛仔裤；是回家见爸妈专用三好学生同款丑 T; 是象征尊贵身份的蒜味儿大白貂，还是你们家那只偷吃了猫粮就到处乱窜的磨人小花猫？

但这都是你们的衣柜。

不是七喜的。

2

七喜是我的发小，也是我幼儿园三年的同窗。他长得很特别，萝卜脸上顶锅泡面头，特像个明星，就是七喜饮料瓶上的那个小人。

“大钱大钱，你能不给我取这么娘的名字吗？”

“怕什么！我个穷鬼都叫花大钱呢，况且你本来就是㞞的呀！”

七喜真的是一挺㞞的人。在这个世界上，有人在超级豪华的海景房里两米八的大床上听着潮汐拍打海岸的声音安然入眠；有人在情侣酒店的水床上，周身披满暧昧光线，做一夜美梦；有人午睡乍醒，半趴在流满口水的课桌上揉揉惺忪的双眼，一恍惚，好像就这样伴着窗外的蝉鸣打发了下半生。但七喜不一样，每个夜里，他都窝在自己的衣柜里永远不挪地儿。

是的，七喜是个睡在衣柜里的男孩。

他的衣柜里，藏的是他的整个世界。

小学的时候，七喜的爸妈感情破裂，总是让他睡在中间。偌大的一张双人床，生生被横亘中间的他劈成了两半。后来，他们离婚，衣柜就成了七喜的割据地。

我猜，弗洛伊德和荣格一定说过，喜欢生活在狭小的密闭空间里的人，一定是极度缺乏安全感的。如果他们没有说过的话，那就当是我说的好了。

我知道，七喜之所以喜欢睡在衣柜里，是因为他无法独自面对广阔无边的黑夜。他就是这样一个怯怯的孤独鬼，蜷在自己的小小世界里，等着一个身披金甲圣衣、脚踏七色云彩的女侠来接他。

3

七喜第一次遇到女侠，不是在快意恩仇的江湖，而是在大妈们摩肩接踵的超市。

女侠穿一件黑色大 T 恤，奶茶色肌肤，头上扎个洋葱头，好像一抓那根小辫子就能被拎走一样。在匆匆人流中，她自顾自走着，像个孤独的糖罐，又像匹逗留草原的小母马。在七喜眼中，仿佛整个超市立马变成了一个巨大的背景，只有女侠一个人在幕前演出，还是自带一百盏两千瓦追光的那种。

后来，七喜发现他和女侠居然是同一所大学一个学院的同学。噢，对了，女侠名叫三三，姓胡。

你知道的，七喜是那种上课尿急宁愿憋得满脸通红都不敢举手的人，但是三三不一样啊。她是猎猎生风的少女，是那种唱着《小苹果》蹦来蹦去都能理直气壮的人。酷劲儿十足。

喜欢一个人，无非两种情况：一种是你们志趣相投，气味相近，大自然的磁场“biu”的一声把你们吸到了一起；还有一种无非就是你们有天壤之别，但对方身上有你没有却很想拥有的特质，所以你爱 Ta，就像爱理想化的自己。

其实，在每个胆小鬼的心中都会有一个变成金链大哥的梦想。只不过，他们小心翼翼地藏了起来，所以你才会觉得他们胆小到都不敢拥有梦想。

就这样，七喜开始了他旷日持久的暗恋战。他喜欢的人天真恣意，洒脱利落，无所畏惧，一颦一笑都是他错过的人生。

据说，爱是一种成分复杂到无法被分层离析的情感，它有很多种的意识形态，有些掺杂了依赖，有些混入了感激，有些则勾兑了羡慕。七喜对三三的感情大概是最后一种。

虽然三三很漂亮，但是却很少有人追。对于大多数男生来说，找女朋友有比好看更加重要的一点，那就是够得到。像三三这样的姑娘，美则美矣，但是侠气太重，就好像自带结界，你还没走到她五米之内呢，就被结界弹飞出去。而且，酷酷的姑娘往往不容易被爱，因为她的酷劲儿仿佛就在昭告天下“我根本不需要人爱”，这就无法给予男生对他们而言最宝贵的情感——依赖。

4

七喜就这样恋着恋着就恋到了大三,闲得没事干的辅导员搞了个叫“正能量社”的社团，也就是所谓的考研小分队，每个班成绩排前百分之四十的同学都必须强制参加。这是一个队伍庞大的带着共产主义气质的组织，所以辅导员又一声令下，大家还需要组成四到五人的学习小组，在双休日、节假日相约一起学习。七喜和三三被分到了一组。

我以为我们苦守寒窑十八年的七喜同志终于欣欣然等到了戈多，但我忘了近水楼台先得月这种事的发生主体必须是个具有主观能动性的自然人。给𡱆包再多的催化剂也只能是猛地一拳白白打在了棉花上。在这段感情里，七喜就像是憋着一口气在爱，一点一点，小心翼翼地呼气，还要时不时偷偷打量一下三三的反应，再悄悄呼出一点气。

他们那个学习小组的组长是七喜班的团支书，他扬言要带领大家在积极生活的康庄大道上撒蹄儿狂奔。所以，他规定大家都要在晚上一起学习和跑步，但三三是野马型选手呀，才不爱被管束。因此，那天上完大课，三三在门口堵住了七喜。

“七喜，帮我跟你们团支书说一声，以后晚上我就不跟你们一起自习和夜跑了，我比较习惯晨跑。”

“好——的……”七喜怯得都不敢抬头。

“唉，你都不会觉得无趣吗？每次都这么听话，哪来的兴致活下去！”三三说这话的时候带着点不经意的诱惑，邪恶又无辜。

七喜觉得仿佛是听到了号角声，有什么东西在他喉间乱啸，鬼使神差地说：“我也更喜欢晨跑，以后我们一起跑吧！”

“好啊，明早见！”

于是，他们成了好跑友。

5

晨曦微露之时，永远是一天中最好的光阴。天边云朵沸腾，朝阳就像一个刚出蒸笼的奶黄包。路边的行道树像是刚从田里摘出来的花椰菜，带着生命力的绿。请你在脑补这些画面的时候自动配上声音碎片“唯有晨光从容，没有疑问，新鲜如初”的歌声当背景乐。是不是立马觉得早晨分外美好，世界特别温柔，故事格外浪漫？

那么，你就大错特错了。别忘了，一大早，街上不仅有出来晨跑的人，还有特别多出来遛狗的大爷、大妈，专挑拉布拉多这种大型犬遛。哈哈，七喜的胆儿都要被吓裂啦，脸上的表情比被妈妈强拖着去幼儿园的小朋友还要精彩。到底还是三三女侠，路见不平，抓起七喜的手腕就跑。风在耳边呼啸，时不时还伴着三三的笑声。七喜突然忘记自己为什么要跑了，但他还是不停地向前奔。

“我说，你胆儿怎么这么小呢，有人牵着的狗都怕？”

“我……我也不知道，爸妈离婚后，我经常都是一个人，胆子好像也越来越小了。”

确实，自从一个人以后，七喜特别害怕黑夜的到来。夜幕降临之时，他觉得整个房间都静得吓人，甚至听不到自己的呼吸声，只有心脏突突地跳动着。夜色是锋利渗血的刀刃，也是来路不明的厚重乌云，密不透风、严严实实地压在心头。七喜开始畏惧睡眠。在他眼中，睡眠是次数有限的死亡体验。他开始无法在房间入睡，无法在床上入睡。再后来，他终于找到了一个稍能让他安眠的地方，那就衣柜。

“七喜，你一个人不会觉得很孤独吗？”

七喜无法向三三诉说他的恐惧与孤独，因为各人有各人的孤独，你觉得孤独是放学后置身于空无一人的教室，头顶只有电扇不知疲倦地转啊转，他觉得孤独是看到大家欢庆节日过后散落满地的鞭炮纸，而我觉得孤独是在独居的深夜里，一口口喝下的那杯冰水。

你要知道，共情本就是这个世界的一大难事啊。所以，七喜什么都没说。

6

但从那次以后，三三开始有意无意地尝试亲近七喜了。谁说随便撒泼做梦，现世欢歌的女侠就不能有颗细腻的心啊。她开始找七喜一起吃饭、自习、逃课、看演出，带七喜认识她的朋友，拉他一起做了很多彪悍的事。他们从好跑友变成了好饭友、好牌友、好学友、好战友。

太宰治说过：“胆小鬼连幸福都害怕，碰到棉花都会受伤。”七喜就经常觉得这一切都很虚幻，他对三三还是羞涩地付出、克制地爱、唯诺地温柔。这是他的方式，不需要你知道，不想你有被爱的压力。压抑就压抑吧，都无所谓，只要能陪着你就好。

7

后来，三三还是发现了七喜身居衣柜这件事。那是在一次野营时，七喜被三三拽去当音乐节的志愿者。当时，七喜并不知道还要求野营，就一口答应了，但到那儿一看，满地的帐篷，他一下子就蒙了。可来都来了，只好硬着头皮上。

晚上，营地要求大家都熄灯，只有舞台区为了防盗是亮灯的。半夜，三三出来上厕所，看到了坐在舞台边的七喜。

“你大半夜不睡觉，干吗呢，扮鬼啊？”

“睡不着。”

“哦，原来你扮演的是午夜忧郁的美男子？”

“不是，我只有在衣柜里才能睡着。”

“衣柜？！”

“嗯，是不是觉得我是个怪咖？”七喜低着头，三三看不清他的表情。

“不会啊，不过我想知道睡在衣柜里到底是什么感觉，除了一伸腿就会把脚趾头踢断，我实在是想不到别的。”

三三边说，边在七喜身边坐了下来。

“就像是落雨的冬夜，走在回家的路上，远远就看到楼道里忽明忽灭的声控灯。到家一打开衣柜，那是一个和外面截然不同的世界，日出日落、四季变幻都被拒之门外，仿佛里面满是烤红薯的香气。你躺进去，就像躺在云里。你就想啊，能睡到天荒地老就好了。”

“哇，你是提前背的中考满分作文吧，要么就是被什么文豪附体了，突然这么文采斐然。”

扑哧，七喜忍不住笑出声来，他知道三三在安慰他，在缓解他的不安和恐惧。

“唉，我陪你吧，谁让你是被我拽来的呢。”

于是，三三就陪着七喜坐在地上，给他讲了一夜她小时候的趣事。

七喜觉得他们仿佛置身于全宇宙唯一的光亮下。世界是黑的，但他们有光。

8

结束志愿者活动后马上就进入了年尾。12 月 31 日那个晚上，三三找了一帮朋友去外滩看 4D 灯光秀一起跨年，当然也拉上了七喜。

这绝对是一年中外滩人最多的时候，戴着兔耳朵的妙龄少女，叽叽喳喳的高中生、腻腻歪歪的情侣，还有成群结队的北欧小野狼！大家张袂成阴，摩肩接踵。在这种高密度的人群中，三三反而兴奋得不行，操着酒瓶一瓶接一瓶地喝。七喜完全不记得那晚的灯光秀多精彩、烟火多绚烂。声光色味中，兵荒马乱里，他的眼中只有三三，她就是有这样的魔力啊。会当身由己，婉转入江湖。七喜看着夜色在她身上消融，光亮在她身上还魂。

“你干吗一直盯着我看？”

“好看！”

“哈哈，你一定是喜欢我。”

七喜觉得三三大概是喝醉了，但他听着却很开心，像是心里下了彩虹糖。

零点过后，热闹退去，只有烟头、荧光棒、易拉罐堆了一地。大家都陆续撤离，七喜扶着醉醺醺的三三站在原地。人流从他们身边穿过，他们就像水中的暗礁，划开了浓重的夜色。

跨年的人都走得差不多了，方才还热闹无比的外滩一下子就冷清了下来，跟凌晨两三点的其他地方没有什么不同。但三三的酒劲却上来了，赖在那儿怎么都不肯走。七喜拗不过她，只好一直陪着她。后来，三三索性一屁股坐在地上，头靠着江边的栏杆，嘴里咕哝着，居然睡过去了。

凌晨无人的街道，只有和风一起睡去的三三。在这样黏稠的黑夜里，七喜却感到了前所未有的平静和安全，那些钝重的惊惶仿佛都找到了地方收养。很久没有这样的感觉了，不用害怕会不会没有醒过来的明天。和三三在一起的感觉，像是赤足踩在冰凉的鹅卵石上，像是把手伸进米堆。哪怕是同整个世界对峙，都能无比心平气和。

七喜突然意识到，其实我们每个人都是罹患孤独症的病人，渴望拥抱、渴望温暖、渴望被爱，但来自你不爱之人的一个拥抱并不是得到救赎的出路，能够爱到自己想爱的人才是。

9

那天晚上，七喜做了个好长好长的梦。他梦到，他和三三睡在一张大床上，一张像海浪一样柔软的床上。三三轻轻的呼吸声就像是潮汐拍在浅滩上，她的胸膛是坚实的堤岸，她的手臂是余晖下的桅杆，而自己是一个在海上漂流了好久好久的人，终于在此时上了岸。

悠长假日

By 姬霄

就算你不喜欢我，我也依旧爱你；就算我知道我们没办法在一起，我也依旧想对你好。很多故事的结局，从一开始我就知道，可我还是不想放过每一个对你好的机会。这就是我们最后的任性。

from 卢思浩

对于新生而言，国庆节可能要超越呼声最高的圣诞节和情人节，入列恋爱成功率最高的节日了。

想想看，九月月初开学就会迎来严酷的军训，烈日将你们的汗水连同稚气一道蒸发。繁复的团体训练，更使得每个人的脾性暴露无遗。有心的话，你大可以一眼分辨出谁才是你的同类。不仅如此，陌生环境下，人会本能地卸下防备，尝试去寻求一个可以相互慰藉的同伴，一同上下课，一同吃早午餐，一同依偎着滚滚床单什么的。

就在此时，十一长假应运而生。历经一个月的朝夕相对，就算没达到相濡以沫的程度，也算是患难与共了。刚刚结识的年轻人是最耐不住寂寞的，倘若已经有了喜欢的目标，这时候正是最好的时机。

近一个礼拜的悠长假期，你大可以选择去附近的风景区远足，相约去看一场演唱会或话剧，也可以在葱葱郁郁的新校园中漫步，把每一个陌生的场景都当作探险。更何况，无论你们谈论什么话题，约会的对象都会用心倾听，因为这亦是他了解新环境少有的渠道。

这个难得的机会只有那么短暂的几天。伴随着长假结束，你会忽然发觉班上多了几对形影不离的男男女女，像是在无声宣告，他与脚下这片土地已经有了交情，因为他们已成了这儿的一道风景。

1

苏林人生中的第一次告白就发生在国庆节，但与其他人不同，他要告白的对象在千里之外，要坐上一天一夜的火车才能抵达的城市。对于这次告白的成功概率，苏林心里并没有多少把握，因为他喜欢的人是他的姐姐。

苏林的姐姐和他并没有血缘关系，不是邻居，父母也互不相识。同时，苏林还有两个堂姐和一个表姐，这已经够让他烦的了，他没有任何理由再需要一个姐姐，但事实就是这样阴差阳错——她叫张小海，比苏林大三岁。苏林读初一的时候，她正好读初三。一开始，苏林很奇怪她为什么会叫一个男孩的名字，后来才知道她有个哥哥叫张大海，几年前当兵去了。

入学的第一天，苏林就认识了张小海。

上午的迎新典礼上，老生们在礼堂里为新生表演节目。张小海的节目是乐器演奏，吹一支黑管。后来，苏林知道那玩意儿叫单簧管。刚刚结束人生最轻松的一个暑假，新生们还沉浸在小学生的角色中无法自拔，在台下肆无忌惮地吵吵嚷嚷，毫无纪律可言，一度压过了乐器演奏的声音。

这时候，舞台中央的张小海忽然放下黑管，将麦克风从支架上抽出来，轻敲了两下，用轻快的语调对着台下的新生说：“新生们，你们好。我叫张小海，是你们的学姐，我代表全体师生欢迎你们的到来，感谢你们为这个校园增添了蓬勃的生气。”

说到这里，她忽然话锋一转：“既然你们已经走进了这里，就请丢掉所有的孩子气。你们这群幼稚、愚蠢、放肆得让人可怜又可笑的小孩，如果依旧这样纵容自己，丝毫不在乎别人的感受，只会成为社会的蛀虫与未来世界的累赘。我和我的老师、同学，永远不会欢迎这样的新生！”

全场鸦雀无声，所有的新生都被她突如其来的怒喝吓住了，苏林当然也不例外。

那天的她穿着一件白色的连衣裙，没有任何多余的装饰，美丽的脸庞在聚光灯下，就像一只骄傲的白天鹅。看到礼堂终于安静下来，她微微一笑，说：“这样才对嘛。”然后，她若无其事地继续演奏。苏林记得那首曲子在演奏过程中，自始至终再没有一个新生发出声响。

张小海的名字就这样铭刻在所有新生的脑海中，她的那次演讲被苏林和同学们谈论了很久。很长一段时间，他们都以为这是校方安排好的环节，跟她熟悉后才得知，那天，她完全是即兴发挥，还为此受到了警告处分。

苏林第一次和张小海正面对话是在学校的全员大扫除时。张小海是学生会的干部，负责带队检查每个班级的卫生情况。

那天，苏林负责打扫教室外的空地。张小海走过来瞄了一眼花池，说：“枯叶没有清理干净，要扣分。”

苏林连忙辩解：“枯叶可以分解，最后会变成肥料，令花池的土壤更加肥沃。”

张小海有些意外地看了他一眼，继续说：“反正有枯叶就要扣分，卫生手册上是这么写的。”

苏林说：“手册也是人写的，是人就会犯错，所以手册也会出错。”

张小海依旧带着骄傲的神情，说：“我不管手册是不是错的，但如果扣分的话，你们班就会出现在卫生排行榜倒数的位置上，你看着办好了。”

面对这个蛮不讲理的张小海，苏林无从争辩，看着花池里遍地的枯叶急得直挠头。正在此时，张小海忽然扑哧笑了起来。

苏林有点气愤，说：“有什么好笑的？”

张小海说：“如果你叫我一声姐姐，我就放过你。”

这种事，平日里自诩男子汉的苏林怎么肯随便答应？他“哼”了一声就翻进花池去捡落叶了。张小海笑吟吟地在外头望着他，还一边看着表说：“再过几分钟，检查小组就要来了，你来不及了。”

苏林照旧不理她，刚清理不到一半，检查小组的人果然走了过来。他自知要扣分了，沮丧地望着他们，张小海也抱着胳膊一声不吭。就在他们检查完毕，开始在小本子上打分的时候，她忽然说：“他们班的分数不要扣了，我会监督他扫完枯叶的。”

迎着其他人不解的眼神，她笑着补充道：“他是我弟弟。”

2

苏林不知道张小海为什么帮他。她这样的女孩，不仅收获老师们的宠爱，喜欢她的男生也要排起长龙，怎么会在意他这个不起眼的小孩子呢？

但打那天以后，张小海经常到他们班找苏林，开口必称：“弟弟啊。”后来，全班人都知道了张小海是他姐姐。一看到她来，必定会有好事的同学大喊：“苏林，你姐找你！”苏林只好默默接受了这个事实。

张小海找苏林大部分是为了一个原因——让他帮她递纸条。她有一个同年级的男朋友，但因为学校三令五申禁止早恋，所以他们的恋情一直隐藏在地下，知情者寥寥无几。

她的男朋友是校篮球队的，叫姜乐。苏林拿到纸条，就去篮球场上找他。他有时候会买两瓶汽水，塞一瓶给苏林。他坐在球场边上看纸条，有时候还会念给苏林听。其实，那些纸条苏林早就偷偷看过了，尽是些无聊的校园琐事。真难想象费了那么大力气，就为了说些无关紧要的话。这难道就是恋爱吗？也太无趣了吧。他总是这样想。

就连张小海和姜乐的约会也相当无趣。下了晚自习，她先是来找苏林，让他告诉姜乐约会地点和接头暗号，然后美其名曰“站岗”，拖着苏林这个大灯泡一起去找姜乐。两个人总是在学校外面的一棵歪脖树底下碰头，说来说去也就那么几个话题，最后恨不得把课外作业也拿出来互相交流一番。唯独一次，姜乐主动牵了一下张小海的手，正好被苏林看见，两个人立刻像触电一样分开了。

第一次期末考试即将来临的时候，张小海成了全校男生的公敌。

究其原因是她甩了姜乐，跟另外一个男生谈起了恋爱。姜乐自然不情愿，大张旗鼓地将她的新恋情公之于众，痛斥是张小海劈腿，导致所有人都对她另眼相看，连教导主任也被惊动，将张小海叫去做检讨。

那段时间，张小海来找苏林的次数越来越频繁。当然，不再是为了传纸条这样的事。她的新男友是学校里出了名的不良少年。两个人经常毫不避讳地公然在校园里牵手、拥抱，哪里还需要传纸条这种小小伎俩。

有时候，张小海会将苏林叫到操场上聊天。她问苏林："知不知道什么叫爱情？"苏林茫然地摇摇头。她自顾自地说："爱情就是两辆擦肩而过的车，从车头掠到车尾的那段距离。有人以为开得慢就会让爱情停留得久一些，有人以为掉头直追就可以占有爱情，还有人以为并行后立刻刹车就能挽救爱情。可乘客们有的焦虑，有的愤怒，有的纠结。他们说你追不上的，说你停下我们怎么办。最后他们说，你只是公交车，公交车是没有爱情的。"

公交车在学校里是骂人的话，意思是谁都可以上。苏林默默地望着张小海，她侧脸的轮廓隐没在夕阳的金边里，格外地美。

不知出于怎样的想法，苏林有点厌恶张小海的新男友李波。他总是一副混江湖的模样，穿着花衬衫、半敞着胸口，说些自以为很幽默的俏皮话。

第一次见面，他就让苏林喊他姐夫。苏林不情愿，他就用胳膊很用力地夹住苏林的脑袋说："叫姐夫我才松开。"张小海见状连忙把他拉开，很严肃地对他说："你欺负谁都可以，就是不准欺负我弟弟。"

那是张小海第一次维护苏林。苏林有点感动，心里也越发地讨厌李波。后来，因为张小海的关系，李波对苏林变得很客气，总是说："张小海的弟弟就是我弟弟，有人欺负你就告诉我，我找人弄死他。"

有一次，苏林班上一名学生惹到了一个混混。放学后，混混在教室门口堵他。苏林和那个学生关系不错，就站出来想帮他，虽然已经想好可能会大打出手，但出乎他意料的是，那混混一见到他，立刻笑着说："今天看你的面子，这事就算了。"搞得他以为自己面子很大，后来想想，应该是李波的原因。他有一大帮兄弟，学校里没人敢惹，就连高高大大的姜乐，在被他狠狠修理了一通后，再也不敢乱说张小海的坏话了。

3

过年的时候，李波叫苏林去溜冰。苏林知道他只是想让他去张小海家喊她出来，但想了想还是去了。李波带着十多个兄弟，在路上边走边唱那年春晚任贤齐献唱的那首《心太软》，引来无数路人的侧目。苏林有点羞赧地走在他们中间。李波走在他身边，忽然问："你有没有喜欢的人？"苏林说："没有。"李波说："那你就听不懂《心太软》。"

苏林有点惊讶地看着李波，没想到他会说出这样的话。但李波却不再理他了，继续大声唱道："你总是心太软，心太软，独自一个人流泪到天亮。你无怨无悔地爱着那个人，我知道你根本没那么坚强……"

回到家，苏林用老妈给他买来学英语的复读机，一遍又一遍地放着任贤齐的卡带。那首《心太软》成了他的爱情启蒙读物，但无论听了多少遍，苏林都不明白爱情是什么。爱一个人为什么要流泪呢？不开心又为什么要勉强自己呢？

他只知道，如果爱一个人就是在乎的话，那么张小海非常在乎李波。

苏林到她家找她，看到她正在帮李波写寒假作业。她写得很认真，最后在作业本封皮上用花边字体一笔一画地描出李波的名字，旁边还点缀了一枚细小的爱心。

苏林说："寒假作业老师检查完就没用了，你写得再工整，李波也不会看的，这有什么意义呢？"张小海笑着拍了苏林一下，说："就像冬日里你躺在院子里晒太阳，夏天你对着电风扇吹头发，你从来只求惬意，不谈意义。为什么要那么纠结恋爱的意义呢？谈恋爱本身就是没有意义，无所谓结果的事。"

也许是年龄的缘故，张小海有一种超出苏林许多倍的成熟，她的话总是让苏林难以反驳。他梗着脖子想上老半天，为什么恋爱无所谓结果，电视剧里相爱的人最后不都要结婚吗？这难道不是结果？但她只是拍拍他的头，说："傻弟弟。"

对于苏林，张小海就是一部万能百科全书，能够解开他心中所有的疑惑。可是人生不是每一个问题都能得到答案，往往你知道得越多，就越难理解这个复杂的世界。

4

初一下学期开始的时候，苏林认识了李凌。

她和苏林同年级，他们是一起报名书法社时认识的。认识之后，苏林才发现，李凌和他住在同一个小区。

其实苏林不喜欢书法社，因为每天都要对着张破字帖反复临摹，去学校还要带毛笔和水壶等累赘的工具，只是老妈觉得他的字写得太烂，强行帮他报了名。“硬笔书法和毛笔字分明是两码事好不好？”苏林向老妈抗议，却被无情地修理了一番。

李凌是书法社里字写得最好的女孩，其他同学还在一笔一画地在格子纸里临摹柳颜的时候，她已经开始练王羲之的《兰亭序》了。老师经常拿她做楷模来教育苏林他们，但说教归说教，对于这个年纪的男孩子，平心静气地练字永远比不上在院子里玩耍有趣。每当下课铃响起，他们就像终于得到释放的犯人一样，一窝蜂地涌出教室。

在校园里，游戏的方式毕竟有限。无聊至极的男生们发明了许多整人的手段，比如到花池里捉虫子放进女生的文具盒，或者用蘸了墨汁的毛笔打架，故意将墨汁甩到女生的衣服上。也许是生气老师总拿李凌做榜样，她是被整得最惨的女生。

有一次，他们趁李凌趴在课桌上午睡的时候，把她的凉鞋拽下来扔进了教室外的花池。那个花池上方有一个很大的蜘蛛网，中央盘踞着一只威武硕大的黑蜘蛛。李凌赤着一只脚追出教室，却怎么都不敢去花池捡回鞋子。眼看上课铃响了，同学们都跑回了教室，李凌却在花池边气得直掉泪。

看到她落魄的模样，原本只是围观的苏林有点于心不忍，于是找了根竹竿，帮她将凉鞋吊了出来。没想到李凌刚拿到凉鞋，二话不说就用鞋子打到苏林的背上，一边打一边大哭了起来，搞得好像苏林才是罪魁祸首似的。

那次之后，李凌再也没跟苏林说过话。这让苏林很沮丧，更加令人烦恼的是，因为那天苏林和李凌一起迟到被老师罚站，同学们都起哄说苏林在追求李凌。

这怎么可能呢？但所有人仿佛商量好似的，见到苏林和李凌出现在同一场合就发出暧昧的怪叫。苏林只好跟张小海倾诉自己的烦恼。

没想到张小海听完，表现得比其他人更兴奋，连声说："看不出你才一年级，就已经懂得追女孩子了。"

苏林说："我不喜欢她，我连喜欢一个人是什么感觉都不知道。"

张小海说："喜欢一个人的感觉？就是每天都会梦到他，和他在一起就觉得时间过得好快，就连无意间听到他的名字都会在心中猛然一动。"

苏林呆了一呆，类似的感觉他当然也有，只不过不是对李凌，而是面前的张小海。好像无论有多大的烦恼，只要一看到张小海的身影，苏林就会不自觉地微笑起来。

难道自己喜欢的人是张小海吗？苏林默默地想，随即立刻打消了这个念头。张小海是他的姐姐，她有男朋友李波，并且苏林无比清楚，她对这份感情是多么在意。望着一脸期待的张小海，苏林强忍着心中的答案，装出毫不在乎的模样说："我现在还没有喜欢的人，等到有的那天，我一定第一个告诉你。"

5

喜欢上一个明知不属于自己的人，可能是人生最难熬的事了。

在校园里，张小海和李波依旧形影不离，尽管校方各种严打，禁止男女同行，但他们还是有办法逃开老师的视线，放肆地挥霍着青春。与此同时，将一切看在眼底的苏林，又心痛又嫉妒，他也终于听懂了《心太软》的歌词："只不过想好好爱一个人，可惜她无法给你满分。多余的牺牲她不懂心疼，你应该不会只想做个好人……"

下半学期还发生了一件事，张小海的哥哥张大海从部队上复员回来了。

记得那是一个下午，在苏林吃完午饭步行去学校的路上，忽然身后有人揪住了他的后领。苏林以为是同学做恶作剧，本能地反手去抓对方。谁知道抓了个空，那人一把将他推倒在路边，用很凶的语气说："以后离张小海远一点。"

苏林这才看清楚，面前是一个身材魁梧的成年人。苏林问他是谁。他冷笑道："连小海有个哥哥都不知道，还敢和她谈恋爱？"苏林这才反应过来，他把自己当成张小海在学校的男朋友了。他想要辩驳，但张大海不容他多说，继续道："如果再让我知道你去找小海，别怪我不客气。"

这件事苏林没有告诉张小海，因为他有种被看穿心事的感觉，羞于对她启齿。同样是在那天，张大海在学校门口拦下了李波。李波可不像苏林那样好对付，他和张大海打了一架。那是一场足以载入学校野史的架：李波带着五个兄弟，一起围攻张大海，但依然不是当过兵的张大海的对手。在所有师生的围观下，张大海以一敌六，动作矫健，下手狠准，将李波等人打得鼻青脸肿，毫无还手之力。因为是在学校门口，很快就惊动了学校的领导，领导出面才平息了此事。

李波被开除了。他的父母来学校将他当众打了一顿，哀求校领导网开一面，让他可以顺利毕业，但依旧无济于事。

李波耷拉着脑袋被父母带走的那天，张小海红着眼睛来找苏林，哽咽着说，李波毕不了业了，他准备南下打工，他们要吹了。

听着她的哭诉，苏林第一个反应竟然是开心，可是回过神这才惊觉，毕业，意味着张小海也要离开这所学校了。苏林一边安慰着她，一边在心中悄然做出一个决定——他要在张小海毕业前向她告白。

之后的时间过得飞快，临近下学期的期末考试，苏林用攒了很久的零花钱买了礼物，又花了一个通宵查阅国内外的情诗大全，东拼西凑地写了一封蹩脚的情书，打算在考试前交给张小海。

可就在苏林一心沉浸在向张小海表白成功的幻想中时，李凌率先向苏林表白了，而且是最大张旗鼓的方式——在每学期一度的书法社作品展览上，她写了一首长长的情诗。偏巧不巧，那首诗的第一个字和最后一个字分别是苏林和她的名字。

学校从来不乏好事的人，立刻将苏林和李凌之前发生的种种联系起来，发表了长篇大论的恋爱八卦，就连张小海也有所耳闻，笑着说真的好浪漫。

苏林气鼓鼓地找到李凌，企图让她证明这首诗是无心之举。她静静地听苏林手脚并用地说完，沉默了好一会儿，忽然说："如果是有心的呢？"

苏林愣了愣，半天说不出话来。

李凌理了理头发，继续说："其实在你还不认识我的时候，我就已经喜欢上你了。后来，看到你报名书法社，我才去报名的。那天，我当你也是恶作剧的男生，所以才打你，对不起啦。"

可此时此刻，苏林只是"哦，哦"地答应着，全然不知自己在想些什么，直到李凌碰了碰他的手，他才回过神来。

李凌看他神色有异，接着问："你有喜欢的人？"

苏林微微一顿首，但瞬间又飞快地摇了摇头，他怕李凌顺势问出下一句她是谁，他无论如何也没办法说出口。

李凌满意地点点头说："那就好，如果你不喜欢我，也告诉我一声，别让我蒙在鼓里。"话音刚落，她扭头跑远了，根本没打算给苏林拒绝的机会。

苏林对张小海的告白计划就这样被搁浅了。他不愿伤害李凌，更害怕一旦说出自己喜欢张小海的事实，面对的将是更多的指责。而这时的张小海似乎已经从失恋的阴影中走了出来，开始全力备战中考，无暇理会苏林的苦恼。

苏林想做的事还有很多，但漫长的暑假，已经悄无声息地来了。

6

暑假，苏林迷上了武侠小说，躲在家里看完了一整套金庸。张小海和同学去毕业旅行了，倒是李凌经常来找他。她很会讨大人欢心，每次找他的理由都很充分，不是补课就是练书法。以至于后来每次来找苏林，老妈比他都要兴奋，恨不得将苏林立刻赶出家门，还特许他骑摩托车出去。

那段时间，苏林骑车载着李凌，逛烂了城市所有的大街小巷，他很喜欢在风中飞驰的感觉。每当这个时候，李凌会惊叫着环住他的腰，长发在风里乱舞，时不时打在苏林的脸颊上，有一种恋爱的感觉。

有一次，他们骑到很远的地方，几乎看不到任何建筑了。忽然，天色一沉，乌云瞬间凝聚到了一起，转眼间，暴雨倾盆而至。苏林赶忙将摩托车停在一棵大树下避雨，他们的衣服、头发都已经淋湿了，雨势依旧不见弱下来。

李凌担心地说："我们是不是回不去了？"苏林笑着挤对她："还不是你一直说附近玩腻了，这次才跑到这么远，现在又害怕了？"李凌说："我才不怕，我只是觉得，如果到了晚上雨还不停的话，你生病了怎么办？"

苏林心里一阵悸动，没想到李凌在这个时候想的都是自己。他将外套脱下来，遮住两人的脑袋，而李凌仿佛知道即将发生的事似的，躲在他怀里一言不发。他亲了亲李凌的脸颊，很烫。

那天之后，苏林感觉李凌的性格变得文静了许多，说话变得轻声细语，走路也不再蹦蹦跳跳，就连见面打招呼都低着头。以前她到他家，二话不说就要将他掳走，而现在，得知苏林在午睡，她就在客厅安静地等。等到苏林醒来，她已经削光了桌上所有的苹果。

有时候，苏林会在心中拿李凌和小海比较一番，如果说小海是不可一世的赵敏郡主，李凌就是柔情万种的芷若姑娘。在小海面前，苏林仿佛永远是一个不谙世事的孩子，一切烦恼在她眼中都不值一提，她生来就是要被所有人崇拜和倾慕的。而李凌呢？她总是小心翼翼地躲在苏林身后，让苏林意识到自己是个男子汉，有保护她、照顾她的责任感。

可是，在对待感情的方式上，这两个人又是截然相反的状况。小海喜欢一个人时总是默默的，哪怕对方毫不在意的事，她也会细致入微地一一完成，仿佛恋爱只是自己的事儿，与任何人都无关。但李凌却大大咧咧，喜欢一个人就一定要告诉他，让所有人都分享他们的感情。

比较来比较去，苏林也说不出孰优孰劣，只是跟李凌相处的时间越久，他想起小海的次数就越少。

直到有一天，苏林照旧载李凌瞎逛。开到一条正在修建的高速公路上，苏林说："听说全国的高速公路都是连在一起的，这条路如果修好，我们就可以开到任何地方去玩了。"说到这里，李凌一直不作声，苏林回过头，却发现她的眼泪扑簌簌掉了下来，她哽咽着说："等路修好了，你是不是就要去找张小海了？"

原来那天他午睡的时候，李凌发现了他藏在沙发里写给张小海的情书。

苏林愣住了，他不知如何解释，更不知该怎样安慰李凌，只能任由她的眼泪一串串落下来。看着李凌，他的心忽然有一种微微疼痛的感觉。原来爱一个人真的会伤心，他默默地想。

7

国庆节，苏林坐上了去张小海所在城市的火车。他瞒着父母，兜里只揣了三百块钱，行程一天一夜，目的地是一个没有冬天的南方城市。

出了车站，苏林拨通了小海写信告诉他的宿舍电话。接电话的是一个女生，听到苏林找小海，她有些不耐烦地说："别打电话啦，我们小海已经有主了。"

有主了？才一个月的时间，小海就交到新男友了吗？苏林心中有些黯然，但依然有礼貌地说："我叫苏林，请转告小海，我打电话找过她。"

"等下，你就是苏林？"电话那头忽然声音一变，"原来你就是小海每天开口闭口提到的弟弟啊。你可是我们班上的名人，每个认识小海的人都知道你的存在，她到底有多在乎你啊。"

苏林不好意思地说："那你可以帮我转告了吗？"

女生说："没问题，还有其他要转告的吗？"

苏林想了想说：“没有了。”说完，他放下电话，转头走进了车站。

回到家之后的很长一段时间，苏林都没办法再顺利谈一次恋爱，仿佛前半生的感情都在那个夏天一泄而空。老妈对苏林说：“有一个自称是你姐姐的女生曾打电话到家里。”苏林笑了笑说可能是同学的恶作剧，他不想让老妈知道小海的存在。课余时分，苏林依然会写信给小海，只是会在开头加上“姐姐”两个字。也许小海永远不会知道苏林曾经喜欢过自己，但这又有什么关系呢?

至于李凌，她还是老样子，远远见到苏林就会大声打招呼，会开玩笑，会打打闹闹。只是两个人很有默契地，不再提那个假期发生的事情。

苏林觉得这样很好。

我错过的那场约会

By 周宏翔

终究路过了太多风景，遇到了太多事，于是你越来越沉默，情绪埋在心底。终究错过了太多路标，迷失在城市里，终于在某个夜晚，你还是告诉自己，原来你一直没忘记。

from 卢思浩

大古家的照相馆已经开了四十年了!

当大古和我们说起这件事的时候,我们不禁感叹这照相馆都快成精了。

我们认识大古的那一年，大古家的照相馆还是我们镇上唯一可以拍证件照的地方。第一次拍学生证照，所有男生一排排剪个学生头，坐在幕布前，大古爸一声令下，那一张张青涩的小脸儿都定格在了巴掌大的小本里。

“时间过得好快啊！”几乎每个人都这么说。

大古喝口酒，淡淡道：“年过完，我爸妈准备把照相馆关了。”

“啊！老字号啊！”每个人都唏嘘不已。

“可是，他们年纪大了。更重要的是，现在还有谁去照相馆啊？”

大古说完，哥儿几个都沉默了。这时，胡桃说他要先走，丢下满脸绯红的我们先出了饭店门。

夜里，胡桃给我打电话，先叹了口气，声音低沉，说：“我今天回来收拾东西，又把岑杨的照片拿出来看了看。”

“嫂子不在家？”我试探着问道。

“不在，去北京出差去了。”

“这么久了，你还留着啊？”

“留着啊，这些照片，不留着，找也找不到了。”胡桃顿了顿，接着说，“明天，我想拿到大古爸那儿去翻新一套。”胡桃自顾自地说，“就像大古说的，现在还有多少人去照相馆啊。那时候，我们可是每年都去呢。照片，还是胶卷拍出来的好看，手机、单反拍出来都是冷冷的，一点感情也不带。”

说起岑杨，那是胡桃心中的一根刺。从两个人第一天做同桌开始，就没有过过一天太平的日子。

胡桃骂岑杨是个假小子，每天不是捉弄毛毛虫，就是调戏天牛，别的女生看见蜘蛛就叫，岑杨面不改色心不跳，一脚踩死再说。教室里进了老鼠，全班闹得鸡飞狗跳，岑杨拿起拖把，两手一挥，就把老鼠拖到了教室外面。

胡桃忍不住说：“你上辈子肯定是个汉子！”

岑杨皱着眉说：“你这辈子肯定是个娘们儿！”

胡桃不高兴了，扯着喉咙说：“老子怎么就是娘们儿了？”

岑杨歪着头说：“那刚刚教室进了老鼠，你怎么比女生躲得还快？”

胡桃百口莫辩，因为他确实从小就怕老鼠。

班上第一次办学生证，老师领着一群孩子在大古家的照相馆门前排队，男生都是小平头，女生都是马尾辫，唯独岑杨梳个兰花头，她刚刚坐下，胡桃就笑：“岑杨不留辫子，男不男，女不女，就是个假小子。”岑杨坐不住了，大古爸刚要按快门，岑杨跳起来，抓着胡桃耳朵一拧，两个人一

下子扭打成一团。最后，老师把他们拉到一边教育到天黑，周围饭香四溢，两个人饥肠辘辘，胡桃先认错，岑杨死活不低头。老师无奈，放两人回家。岑杨赌气走在前面，胡桃也不理她走在后面。后来，胡桃看见岑杨的爸爸站在路口，想着要是岑杨告状，他就麻烦了。结果，岑杨什么话也没说，跟在她爸后面。快要上楼的时候，回头给胡桃做了个鬼脸。胡桃知道那是表示胜利的炫耀，胡桃竟突然有些崇拜她。

五年级的时候，老师布置作文写“我的同桌”。胡桃望着岑杨发呆，岑杨顿时脸红，问胡桃在干吗。胡桃说：“每天都和你在一起，我怎么就写不出你是啥样子？”岑杨说：“因为你蠢。”胡桃又问：“那我是啥样子？”岑杨说：“你嘛，就是个大蠢蛋！”说完，就呵呵笑起来。

不到半节课的时间，岑杨就写好交给了老师，到下课的时候，胡桃也没有写出几个字，最后胡桃应付了事，匆匆递了上去。

岑杨的作文得了个 A，胡桃的作文得了个 C。岑杨拿到作文就收到了抽屉里，死活不给胡桃看。胡桃说：“我跟你交换。”岑杨说：“谁稀罕和你交换。”胡桃说：“那你肯定写了我一大堆坏话。”岑杨笑着讲：“那也要你做了一大堆坏事才行啊。”

做课间操的时候，胡桃偷偷翻了岑杨的抽屉，拿出那个作文本，准备好好读一遍。结果，岑杨正巧东西忘拿了回教室看到，飞快地冲过去。两人一抢，本子撕成了碎片，岑杨一气之下给了胡桃一巴掌，胡桃愣在那里。岑杨红着脸说：“你信不信我告诉老师你偷东西！”

胡桃气呼呼地说：“我才没有！”

岑杨指着地上被撕烂的本子说：“这是啥，这是啥？”

胡桃说不出话来，岑杨一把将他推倒在地，恶狠狠地说：“你赔我一个本子，你赔！”

岑杨的理直气壮让胡桃顿时觉得理亏。第二天，胡桃买了一个新本子放在岑杨桌上，第一页写着“对不起”。岑杨翻开本子，咬了咬嘴唇，看着胡桃说：“算你有良心！”

每学期开始的时候，学校都要把各班评出的三好学生、积极学习分子之类的照片贴在校门口的公告栏上，而每年岑杨都会作为三好学生上榜。偶尔几次，胡桃也会蹭到积极学习分子的名额。所以一到开学，又是一堆小孩跑到大古家的照相馆去拍照。

因为更换照片的关系，负责的老师把上学期的公告栏撕下来，就扔在了一边。有一天放学，我和大古看见胡桃在垃圾堆里找东西，从后面去吓了他一跳，他把什么东西捏在手里。最后，大古压着他抢了过来，胡桃挣扎要抢回来，我们一看，正是岑杨的照片。

“老实交代！你在干吗？”

胡桃支支吾吾，说：“我想找自己照片的，结果没找到。”

大古挤弄着眼睛，笑呵呵地说：“真的吗？”

胡桃低着头，大古把照片还给了他，然后说：“我们不会告诉岑杨的，放心。”胡桃便开心地笑起来，但大古马上说：“那你得贿赂我们！请我们吃羊肉串！”

胡桃用力点点头。

初中，胡桃和岑杨不同班，偶尔在路上碰到，胡桃看岑杨还是以前的模样，不梳辫子，不穿裙子，走起路来，风驰电掣。

那时候，春天一到，各班都会组织去春游。一到目的地，所有人都开始像脱缰的野马，四处撒野，老师多半会请大古爸来给我们拍照。胡桃总是看着人群中的岑杨，事后拉着大古说："你回头让你老爸把岑杨的多洗一张。"大古心领神会，拍拍胡桃肩膀说："没问题，快贿赂我！"胡桃就屁颠屁颠地领着我们几个去吃羊肉串。

就这样，胡桃收集了好多岑杨的照片，一张一张放在相册里。那时候，逢年过节，踏青采风，都喜欢叫大古爸来拍照。每次大古和他爸说要把岑杨的照片多洗一份的时候，大古爸都以为大古这小子看上岑杨了。所以后来大古不说，他爸也格外留一份岑杨的照片，总想着岑杨有一天会成为大古家媳妇儿。所以岑杨一来，大古爸就特别热情，拍照也比往常用心。多年之后，才知道为他人做嫁衣，大古喜欢的女孩子换了一个又一个。他爸最后忍不住问："你难道忘记了当年心心念念的岑杨了吗？"大古不禁揭露真相说："那不是我心心念念的，那是胡桃心心念念的。"

就这样，胡桃存了好几本岑杨的照片。眼看快要高中毕业了，各自都要离开小镇前往新的城市了。胡桃花了好几个晚上，把相册包装得精致无比，等到拍毕业照那天，胡桃准备把这些照片当作毕业礼物送给岑杨，然后大胆地对她表白。

但是，当胡桃要拿出手的时候，却看到岑杨和她班上另一个男生有说有笑地走出了学校，胡桃从未见过岑杨那么幸福的微笑。胡桃抱着那几本相册，站在朗朗晴空之下，汗水湿了背，泪水湿了眼。当晚，他拉着我们几个一醉方休，我们说："你就不能这么尿，我们去把那男的打一顿，你去把岑杨抢过来！”胡桃说：“算了算了，岑杨又不是东西，抢来抢去算什么？”

他在相册上面写了一行字：有缘自会相见。

后来，岑杨考去了北京，胡桃考去了天津。虽然不远，但是基本没有相见。胡桃知道岑杨的学校在哪里，周末有时间也会买票搭城际高铁去岑杨学校蹲点。有几次，他看见岑杨，这么多年，她一直没有留长头发，也一直没有穿过裙子。胡桃躲在树后面看她，又不知道以什么理由上去打招呼。如果突然出现在岑杨面前，岑杨会怎么想呢？

春节回老家过年，小学班长组织同学聚会，零零散散几个人参加。胡桃知道岑杨要去，他也第一时间报名。席间，大家说说大学期间的事儿，才发现彼此都长大了。几个女生一下嘻嘻哈哈笑起来，拿着岑杨的手机传来传去，说岑杨交了一个帅男友。岑杨红着脸，任凭她们叫闹。大古看着胡桃，听不下去，跑过去把手机抢过来：“让我来看看有多帅？”胡桃突然紧张起来，大古把手机扔到胡桃手上，说：“胡桃，你看看，这不是和镇东卖猪肉大叔家的那个傻大个儿一样吗？”胡桃傻傻地笑了笑。岑杨听着生气，走过去想把手机抢过来，推了推胡桃说：“管管你家大古，怎么说话呢。”岑杨心直口快，这么多年一直没变。胡桃扯扯嘴皮笑笑说：“就是不配你！”岑杨红着眼，拎起胡桃的衣领，周围的人立马过去劝架。胡桃二话不说，举起岑杨的手机重重地摔在了地上，手机四分五裂，玻璃碴碎了一地。

“你他妈疯了！”岑杨大吼道。

“我就是他妈的疯了，才喜欢了你这么多年！”

胡桃说出口，所有人都沉默了。岑杨的双眼一直红彤彤的，她看着胡桃。胡桃以为她会像小时候那样，扇他一巴掌，说：“你赔我一个手机，你赔！”但事实上，岑杨什么话也没有说，她放开胡桃，蹲下身去捡起碎掉的手机残骸，然后转身离开了酒店。

后来，胡桃听说岑杨和男朋友分手了，但是他一点也不开心，因为岑杨并不是因为他分手的，而且分手了，也没有和他打过一通电话。

胡桃把相册一直带在身边，没事的时候就拿出来翻翻看，照片上的岑杨还是小时候的模样。胡桃突然想，如果岑杨留长头发，是不是反而没有这么漂亮。

终于有一天，胡桃忍不住，背着几本相册跑去了北京。他打电话给岑杨，把岑杨叫到宿舍楼下来。岑杨看着胡桃，不知道他葫芦里卖的什么药。胡桃把相册从包里拿出来，塞到岑杨手上，不多言不多语，只说：“本来三年前就想给你了，结果迟到了三年。如果当时及时交给你，或许你就是我的了！”

岑杨看着相册扉页的那句话——“有缘自会相见”，眼眶突然湿润了。她把相册扔回到胡桃手上，吸了吸鼻子说：“我不要，你拿走！”

“什么意思？”

“我有男朋友了！”

“你他妈怎么又有男朋友了！”

“关你屁事！”

岑杨没有再理胡桃，径直走回了宿舍楼。

胡桃抱着几本相册，像个傻子一样站在那里。

大古和我轮番给胡桃介绍女朋友，最后终于让他脱离了失恋的痛苦。胡桃常常喝醉酒说：“全世界又不是只有一个女人！”我们都一致首肯。但几杯酒下肚后，胡桃又哭着说：“但全世界只有一个岑杨。”

接下来的时光，胡桃和新女友晓娟打得火热，也不常喝酒了，更不常提岑杨了。直到有一天，胡桃在宿舍睡觉，突然接到一通没有署名的来电。他翻身接了起来，而电话的那头却没有声音。

“喂……”几声之后，胡桃有些不耐烦，想挂断，电话那头突然开了口。

“你……在干吗？”岑杨说。

“没干吗啊，睡觉，怎么了？”

“我今天在天津。”

“是吗？那晚上一起吃个饭吧。”突然接到岑杨的电话，胡桃内心像是被激起了片片涟漪。

“不了，我晚上要回去了。你现在有空的话，倒是可以喝点东西。”

“现在？不想动弹，你要是想见我，一个电话，我就到北京了。”

岑杨淡淡笑了笑，说：“你啊，就是个大蠢蛋！”

后来，胡桃又睡着了，醒来的时候，好像那通电话就是一场梦。

很长时间内，胡桃都没有再听到岑杨的名字。每次和晓娟一起，他都在刻意地不去提醒自己内心深处的一些声音。有时候，晓娟问胡桃，之前喜欢过几个女生啊。胡桃总是大大咧咧地说："好多啊，跟沙子一样，但是，就只有一颗珍珠。"

晓娟听了，很开心地笑了。

没多久，胡桃接到一通电话，电话那头说是岑杨的爸爸，在宿舍等他。胡桃感到莫名其妙。回到宿舍的时候，岑杨的爸爸已经等了他一会儿了。

"叔叔，你找我？"

岑杨爸爸点点头，然后说："这是岑杨给你的。"说着递过去一封信。

"岑杨给我的？"

岑杨爸爸一脸严肃地看着胡桃，点了点头。

胡桃打开看，却是一篇作文。

"我的同桌……"胡桃默念道，"我的同桌是个很笨、很傻的小男孩，遇到稍微难一点的题目就不会做，遇到做卫生的时候就想着偷懒，而且他还很怕老鼠，简直太没用了。可是，就是这样的同桌，却常常给我带来欢乐。从小就没有妈妈的我，总是想要和爸爸一样坚强，所以我不能跟其他女孩子一样随意撒娇，随意哭泣，我只能保持我酷酷的样子不受欺负。我的同桌总是喜欢叫我假小子，我却渐渐喜欢上了这个绰号。虽然他很笨、很傻，但是却能够在这样的时刻提醒我，我的外表看起来是坚强的。我一点也不讨厌他，甚至非常乐意和他成为同桌，因为他不会真的欺负我，我知道……"

胡桃突然跟个傻子一样哭了，他知道这是他们五年级那年的作文，那篇被他撕烂的作文，而这么多年，岑杨一直都留着。

胡桃抬头看岑杨爸爸，啜泣着说："叔叔，岑杨呢？"

岑杨爸爸长长地叹了口气，咧着嘴差点说不出话来："杨杨半个月前……走了……"

"走了？去哪里了？"

"去她妈妈那里了。"

"她妈妈那里？"胡桃瞪着眼睛望着岑杨爸爸，"你是说，岑杨，没了？"

岑杨爸爸微微点点头："她在医院住了很久。前些日子，突然跑掉了，她说要去见一个很重要的人。我也不知道是谁，当时她整个人精神已经特别差了。你知道吗？她很早就发现自己身体有问题了，但是一直没和我说，连她之前的男朋友她也瞒着，就这样一个人吃药、看病撑着。后来，她回医院，我问她见到了吗？她摇摇头，好像很失落，但是很快又笑了，她说，当初我不见他，如今他不见我，都是正常的，扯平了。"

胡桃突然想起那天接到的那通电话，立马哇哇大哭起来。

胡桃一直没有结婚，直到去年春节过完，胡桃的妈妈也满六十了，胡桃突然像是想通了一样，很快就找了对象，结束了单身生活。

但是，我们几个都知道，他没有忘掉岑杨。

大古家照相馆关门的前两天，胡桃拿着那几本相册去找大古爸。大古爸感慨道："以前啊，就我们一家，后来又陆陆续续开了好多家，这来来回回，倒的倒，关的关，最后还是只剩下我们家了。有些事情就是这样，开始什么样，结束还是什么样，任凭波澜壮阔，兜一圈，还是回到原地。这手艺活做的不是手艺，却是感情，不管现在手机、单反多么厉害，留在心底的，始终还是用胶卷拍出来的纯粹的东西。”

大古爸取出那一张张自己曾经用心拍的照片，在聚光灯下照了照。胡桃看着那梳着兰花头的丫头在那里笑啊笑，她那么得意，好像从来都没有哭过。

大家好，我是三年二班朱聿欣。

如果重逢

By 朱聿欣

写故事，是为了不忘记；有回忆，是为了再相遇。如果重逢，我们是否一如往初；如果重逢，我们是否能携手走更远？

from 卢思浩

1

1997 年，济南有个老太太晚上爱去趵突泉旁打太极，通常假模假样耍个一招两式之后便兴高采烈地跟朋友去看吕剧、诵佛经。她在家中排行老四，字写得好，父亲一手水墨国粹技能尽落她手。后来从医，当过随军医生。年轻时见过无数的生死别离，在手术台上把人的肝胆脾脏摸得通透，年老了却将肉体的健康运行寄托在一尊佛像上，对于这样的人我实在不能理解。

那年的冬天冷得像梦魇，但凡在风中流个鼻涕就能冻成两把飞镖。她爱听吕剧，却又不好出门，只得终日躲在家里玩 Cosplay，扮演角色的年龄跨度从十八岁到八十岁，声线在清亮细腻和沉稳悠长间自由切换：有时是成年妇女的青衣，比如《小姑贤》中的李荣花；有时是老旦，比如《穆桂英挂帅》中的佘太君，四郎探母那段顺手拈来；有时是闺门旦，扮演未出阁的大家闺秀或贫苦人家有教养的妙龄少女。她水袖、折扇等功夫尚佳，唱起《逼婚记》中的洪美蓉那一出让人心有戚戚，仿佛所有恶毒的乡绅都在她跟前。可实际上，她唯一的观众只有一个圆滚滚的女孩童而已——大眼小嘴，一天要吃五顿，如果听戏前没吃饱饭，准哭。

2

老太太闲暇时总爱吹嘘自己当年多受欢迎，眼大赛赵薇，肤白胜冬雪，夜云河柳皆失色，湖光山水尽折腰。在“女神”一词尚未横空出世的年代，她向来坐收十里八乡的说媒没有压力。对此我七分疑，三分信，自打我有记忆以来，老太太的背就有点佝偻，手也皱巴巴的像陈年稿纸，眼珠子蒙一层灰，早已褪去了年轻时的风华绝代。她唯一的爱好就是唱戏，你问她有什么别的爱好吗，她得侧着耳朵听三遍才能听清，因为当年打仗的时候左耳被炮声轰失聪了。她会拉着你讲故事，说她年轻时跳过忠字舞、开过批斗会、背过红宝书、在大礼堂里参加过伟人追悼会，一边痛哭一边从手指缝里偷看周围人究竟什么时候才能哭停。当时，我不以为意，直到后来学了历史，才明白这些活动在当时盛行的缘由。

这个女人的老公死得早，从丈夫那儿唯一继承来的就是一手做卤水豆腐的本领。豆腐一定要锅烧的，气打的嫩是嫩，吃起来却没有豆香融化在口里的滋味。刚在手底下切好的豆腐块，搁到小洋锅里加盐焯水养着，再往锅里撒几根青生生的叶子。待火候到了，拿筷子挑出一块来，搁在烫热的白瓷碟子里蘸点酱油，趁着热气小口吃下去，肺腑都舒坦了。捞空了豆腐，锅里的汤水还往外冒着香气，裹着白与滑，引得人最想嘬一口。

每次她做豆腐的时候，那个女孩童就在饭桌前坐得乖乖巧巧。待豆腐上了，哈着气，觑着眼睛，用筷子拨开迷雾，捞起长一厘米、宽一厘米的豆香，那便是她童年最喜欢吃的东西。

那个会做豆腐的老太太是我姥姥，那个爱吃豆腐的女孩童便是我。

3

日光西驰。老太太越来越老，小姑娘也飞快地长大，天真烂漫，细心机敏，没有忽视过任何一道雨后的彩虹和身边任何一阵轻柔的风。

小学三年级的时候，我在本子上摘抄了人生中第一句名人名言：老人是一本读不完的书。第二天学校有个“尊老爱幼”的国旗下主题演讲，我被选为我们班的发言代表，这句话出现在发言稿的开头。当时，负责监督我练字的老太太在边上非常满意，答应晚饭后给我买我最爱的小浣熊干脆面。我风卷残云地结束当天的晚餐，牵着她的手，朝超市的方向唱起歌，水泥路把每个音节都抖成可笑的颤音。

那天早上，我在无数的目光中走上台，脚步打战。当时，底下有1000个人，100个是老师，余下的都是少男少女，200个撇起嘴角看笑话，100个被黄梅天的溽热捂出淡淡的昏眩，剩下的600个，目光如炬，站得笔直，渴望从我嘴里听到建设社会主义和谐社会的真经。

“大家好，我是三年二班朱聿欣……”我开始觉得脊背发麻，视线糊成光圈，下一句是什么来着，咦，稿子呢？我突然想起上台前我没带。

“大家好，我是三年二班朱聿欣，我的国旗下演讲结束了。”接着，我仓皇地走下了主席台，留下了台上一脸发蒙的校长，也创下了我们小学建校以来最短的国旗下讲话纪录。回到家，老太太问我演讲得怎么样。九岁的我若有所思：“老人不仅是一本读不完的书，还是一篇念不完的演讲稿。”

“来吃豆腐咯。”小姑娘在热腾腾的香气里，忘记了那天早上所有的不快。

4

老太太的确是一篇演讲稿，字字珠玑，虎虎生风，大概是平日里戏唱得多了，声线里总有种蛊惑人心的力量。在家庭会议中，小到今晚是做紫菜蛋花汤还是西红柿鱼汤，大到孩子应该去哪个学区上学或投资哪里的房子有升值潜力，她总能凭借自己与生俱来的演讲能力完成内阁洗牌，反败为胜。曾经听闻她买完菜去别人家串门，对方家的闺女在经济适用男和大龄多金离异男之间徘徊不定，她仅凭一句“别嫁老的，他有钱新婚，没命金婚”就语惊四座，搞定了那姑娘的终身大事。

小学一年级的时候，我参加作文兴趣班，跟一群三、四年级的小朋友一起学写作文。那时候，我还不知道牛顿是站在巨人肩膀上的幸运儿，爱迪生是靠勤奋才攀上胜利险峰的科学家，遇上需要名人名言佐证观点的段落，我的作文里常出现：

“吴秀华曾这样教导我们……”

“吴秀华曾说……”

“吴秀华对此类事情的评价是……”

…………

效果拔群，老师常把我的作文选为范文在一群大孩子面前朗诵。同桌

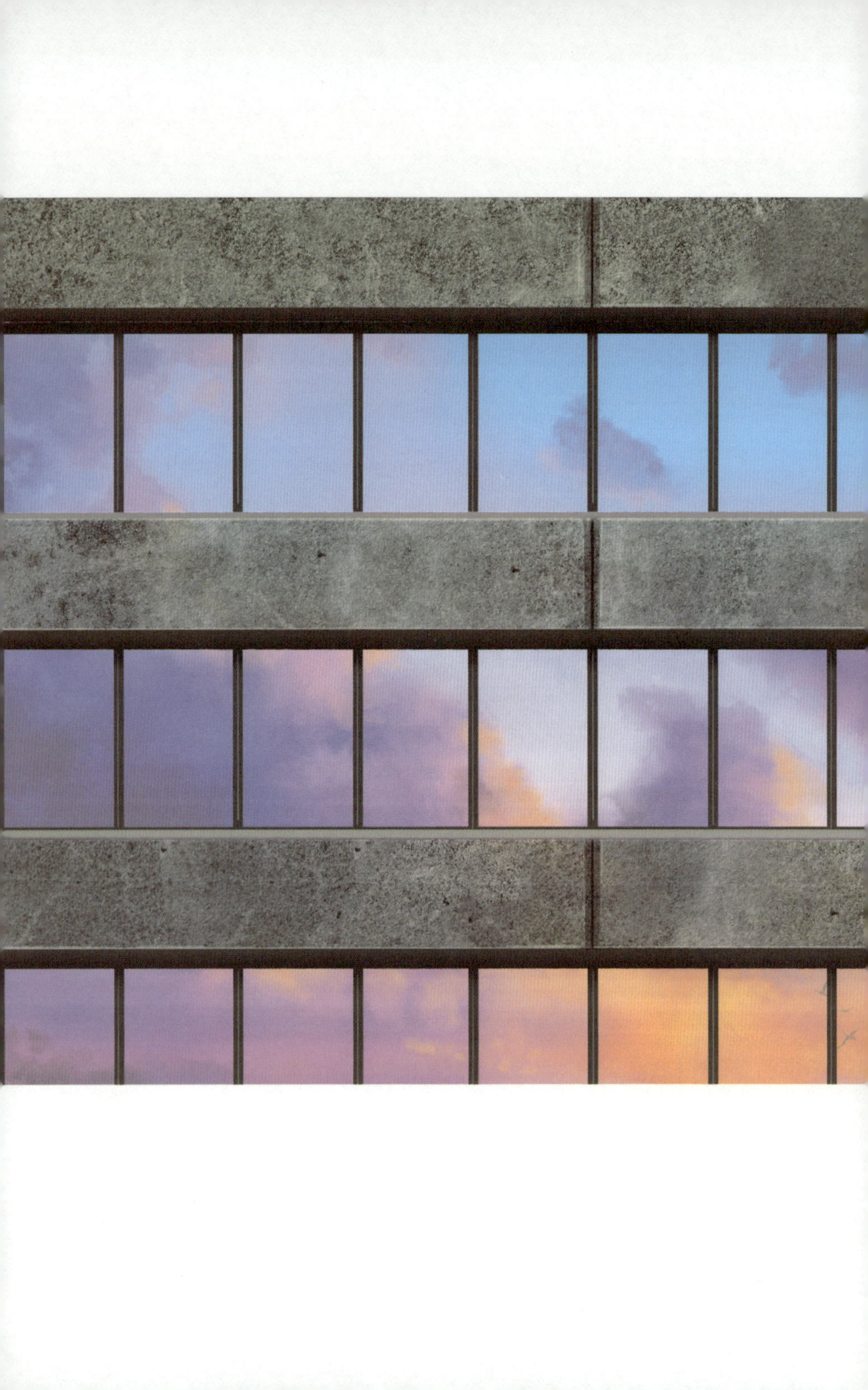

问我吴秀华是谁，我讳莫如深地告诉他那是一位伟大的教育学家。再长大一些，看历史课外书，同学说林肯在南北战争中的葛底斯堡演讲多么石破天惊，发人深省。我不服，搬出丘吉尔的铁幕演说，对方以曼德拉的种族平等演说回击。他是如此政治正确，我已从史观上被根本驳倒，于是，我回："有啥了不起，都比不上吴秀华。你听过她在教室外面叫我，威震山河，古今中外哪个领导人比得过！"对方哑口，无言以对。

吴秀华，我姥姥，肤赛冬雪、声如洪钟，训起小辈来有如狮子吼，是我心中不可动摇的新中国建立以来最伟大的教育学家和演讲家。20 世纪六七十年代，当她在大礼堂前小声恭谦地朗诵伟人语录时，一定想不到自己今后的人生可以在小辈面前如此生猛，且具有攻击力。

5

百般娇柔终成铁，花龄少女赴沧桑。这些年搬了几回家，从南到北，老太太一直在我身边。在一场台风后，我迎来了我的十八岁。老太太的腿脚受不了这南方的湿热，逐渐不灵便，以前一天吃三顿饭，改成一天两顿，夜里起夜三四回，不复往日苗条。偶尔会让我查下她们那个年代女演员的近照，问我女演员与她孰美。在我发呆思考的间隙，她常常冷不丁来一句："你有男朋友了吗？"

她一直对我的感情生活非常关心，从小就爱乱给我点鸳鸯谱。高中来教室给我送夜宵，看到我正和我后桌的一个男生说话，就打趣我和他。老太太精通佛学、《易经》、八卦，从此我看那个男孩身上，便隐约地多了一层东亚神秘气息的加持。那男生叫夏哥，跟我家住一个小区，肌肉精壮，足球队队长，头发如草，像永远坍塌的波函数那样萎靡不振。作为一个数学竞赛班的男生，他给自己贴上了慵懒猫系男的标签，常称自己为朋友圈里的小田切让。实际上，如果你看过他那张 30% 像王宝强、70% 像张国立的照片的话，你只会认为他长得像《家有儿女》里面的老爸。

那年 6 月高考季一过，无数的少男少女开始踏上情爱这片修罗场。霞光初升，绒毛小儿们沐浴着空气中的荷尔蒙，在战壕前整装待发，战争一触即发。

两军对垒，首先是勘察敌情——以社交平台为埋伏点，大到生日星座、即将就读的大学，小到最喜欢吃的水果、小学几岁加入少先队，全都要精准记录。总之，就是要穷尽彼此平凡生命里的每一个细节，接下来就可以根据三观坐标仪发射致命武器了。男方敌军的标配是 50% 土豪炮 +50% 暖男炮，出征口号一般为："你心情是不是不好，我带你去吃好吃的，请你看电影。"女方则回以备胎炮："谢谢你的陪伴，你真是一个温暖的存在呢，不过今天我没空哦。"如此交手几个回合，哪怕女生身材平板，男生笨拙木讷，爱情还是从双方的眼里、嘴边、 胯下，乌七八糟地蓬勃生长起来。毕竟，浪费在玫瑰身上的时间，使玫瑰变得如此珍贵。

第一轮交战的偃旗息鼓通常发生在 9 月——大学开学的钟声一响，午夜十二点一过，尘土的归尘土，恺撒的归恺撒，天真的少女在快捷酒店丢了童贞，坚忍的老司机在另一个城市重新办了一张宾馆会员卡。几晌贪欢，该分的分，该合的合。战壕前卧倒了一具又一具尸体，他们有一个统一的名字——初恋之死。

作为一个死理性派，我当然没有加入战局。那年，我的高考考砸了，与北京的某大学失之交臂。所以，每天下午三点，阳光被窗帘肢解，破碎地卧倒在墙角，我就满怀愁绪地起床打开电脑看 *How I Met Your Mother*（《老爸老妈浪漫史》），一季又一季，没完没了。那时，我把恋爱当打仗，发誓要像剧里独立的女主角 Robin（罗宾）一样，从情窦初开，打到白头偕老。我希望自己爱上一个沧桑的敌军将领，他去过几内亚，留着大背头，沉默又勇敢，“啪”的一声把我的武器和伪装统统打落，厉声喝道：“你投不投降？”然后，我虔诚地将自己献祭，卸下脂粉和理想，洗手做羹汤。

老太太看我一脸颓样很着急，这怎么行呢？于是，便给我的老友夏哥打电话，让他带我出去玩。彼时，夏哥刚拿到某所我心心念念的 Top2 的通知书，喜不自胜，跟老太太打包票：“行啊，包在我身上。”

可实际上，他不行。

6

没有救不了的公主，只有不够锋利的宝剑。

这句话作为夏哥的人生信条，贯穿了他的整个青春期，然后投射下一片巨大而传奇的阴影。

小学时，他喜欢隔壁桌的西瓜妹。对方声音轻得像蚊子，皮肤滑得像荔枝肉。夏哥课间给她送了一打小浣熊干脆面的三国武将卡，而女生喜欢看《百变小樱》——“隐藏着黑暗力量的钥匙啊，在我面前显示你真正的力量，跟你订下约定的小樱命令你，封印解除！”夏哥一脸愕然，人生头一回感受到了男女之间你在红楼玩库洛牌我在长坂坡横刀立马的生殖隔离，首战卒。

初中时，他喜欢隔壁班的班花。小姑娘唇瓣生花，步履婷婷，一眼叫人生万千欢喜。夏哥左思右想，在班花生日那天给她送了一瓶祛痘洗面奶，贺卡上写着：瑕不掩瑜，希望你脸上的青春痘早日康复，愿你的世界永远是晴空的颜色。从此，夏哥在 QQ 上看到的姑娘头像，永远定格为了灰。

高中时，他喜欢同班的女学霸，对方是化学竞赛班种子选手，徒手开平方，目测离子浓度，心算算哭史丰收。夏哥一寻思，这不跟我绝配吗？赶紧在淘宝上买了一套包邮的化学竞赛辅导全集送到姑娘家。万万没想到，买到了盗版书。

高考结束后，他喜欢上一个大二的学姐。夜里让对方多穿衣，失恋时陪对方散步，微博上跟段子手学几句蹩脚的情话，霓虹灯下借出肩膀陪姑娘喝过最心碎的酒。一个月后，学姐和前男友复合，夏哥学了我，一遍一遍刷美剧，并把很早以前一部叫 *Seinfeld*（《宋飞正传》）的美剧中主人公乔治的台词背得滚瓜烂熟："You' re a backup（候补）！ You' re a second line（二线队员）， a just-in-case（备用），a B-plan（B 方案），a contingency（应急方案）。"

其实说白了都是"备胎"的意思。

夏哥对我叹气，我作为他的发小，点头："明白的，我都明白。"屠龙的少年，在决战的前夜推开酒馆的门，却被店主告知，公主已经跟恶龙去了远方。他把那么多该想的都想好，归国欢迎晚宴上的光风霁月，山水云雾，身上穿着铠甲，金戈铁马，都准备得稳妥。帘子一拉开，只等着公主为他落泪，可是人呢？

夏哥再问："是不是因为我长得丑？"

看着他如盘的大脸，我不知该点头还是摇头，最后挤出一句话："不求颜值高，但求颜幅宽。"

"那你要不要考虑和我在一起？"夏哥问。我内心一阵战栗。

"你忘了吗？我的敌军将领情结，我的少女心。"我说。

"不，这是 the opposite of 少女心，心理学上叫作斯德哥尔摩综合征。"夏哥白了我一眼。

我卒。

7

二十岁那年，我在南半球的一个城市上学。每年 12 月，气温转暖，中产阶级们无处排遣的荷尔蒙在自家院子的小花园里找回了用武之地。于是，在那个南国的春天里，邻居家除草机的轰鸣和窗外猫狗晨鸟的咿呀，交织成了每一个早上在我耳边萦绕的噩梦。

每天放学后，我都去兼职的杂志社工作，我的任务之一就是从林林总总的读者来信里挑出那么几封具有爆点的能引发群众共情心理的，登在下一期的读者专栏里。如果那时候已经有“无秘”这个 APP 的话，我相当于一个大型秘密接收云端。

“我男朋友劈腿分手了，我好难过……” 哦，老题型。我噼里啪啦打下一行字：“感谢你的来信，如被录用，我们将联系您支付稿酬。”

“我太爱家里的母猫了，洗澡、上学都要带着，一刻都不想离开它。”嗯，人兽恋，好的，这个留用。

“Econ1001 的教授上课老偷看我，他是不是对我有意思？我有点想让他给我辅导期中考试。”我感觉下一个 sugar daddy（甜爹）在学术圈冉冉升起。

“我三十岁，长相中上，身材不错，性格温和，为什么我还没有男朋友？”我猥琐地盯了屏幕一眼，想回：“有照片吗，小姐？”

每当看到我的电子邮箱里上演了这么多的悲欢离合，我还活得如此平安喜乐，就像活在《新闻联播》里一样，除了每天早晨被邻居的多重奏搞得月事不调，我就觉得心有戚戚。

也就是那一年开始，老太太开始得肝病。医生说时日无多，亲朋好友涕泗横流，她却坚定地住院复诊，该嗑瓜子嗑瓜子，戏是唱不动了。在我妈的影响下，开始看韩国偶像剧。家里人说："老太太你病了早点歇着吧。"她用韩语回："阿拉索。"病房里笑倒一片。

我与时俱进，在手机上给老太太改了备注：韩剧小公主。那个假期回国，她倒再也不让我给她查她那个年代女演员的近照了，只是有时会盯着镜子看好久，说一句："以前希望头发别全都白了，现在我只希望头发别全掉了。"我在旁边一阵心酸。

8

二十二岁那年，我快毕业了。那年的世界有好有坏，瑞郎脱钩欧元，希腊可能被踹出欧盟，盛传中国要放出 7 万亿元救市，尼日利亚一天被血洗 2000 条生命，法国爆发 370 万人大游行。而对我来说，最糟的消息莫过于老太太终于走不了路了，她开始持续低烧，神志不清，在医院病床上号着，要来澳大利亚看我。我知道后很难过。这个女人，与生活互搏这么多年，丈夫早死，跟着小女儿，带着外孙女，跌跌撞撞，勇敢无比，到头来，生猛的灵魂却要被禁锢在这长一米八、宽一米的病床上。

回国看她的那一天，我很平静。在上飞机前，居然意外收到夏哥的短信，他说自己交了一个女朋友，感情卡上终于有了余额，且感情热线已在服务区。我为他高兴，却倏尔混进一阵伤悲。坐在飞机上的七八个小时，窗外的景色从白到黑，机身掠过一片片灯火的海洋，缱绻得像一双双瞌睡人的眼。我沉沉地睡去，又醒来，然后用食指在舷窗上写字：等我回来。

9

风雨一夜间，折梅赠红颜。一转眼，那个当年的小姑娘长大了，一个人跑到陌生的城市实习，过得倒是不好不坏：经历了失败的感情，深夜痛哭，然后睡得很香；也不眠不休，为了做出一个漂亮的case，咖啡为伴。时不时充当夏哥的情感导师，帮他解决“我女朋友为什么又生气了”的人生难题，只是手机里“韩剧小公主”的信息再也不会亮起。

我曾经反复改过这备注，从“吕剧小天后”，到“抗日女英雄”，到“心灵演讲师”，到“教育老学究”，再到“白衣女神”，最后到“豆腐西施”，到头来还是发现“韩剧小公主”最好。听起来轻快上口，而且感觉安上这外号的人这一生会过得很轻松——那是老太太前半生从未拥有过的、像光脚踏在云上那样轻盈的快乐。

也倒是再也没吃过那么好吃的卤水豆腐了，时不时会对着热气腾腾的锅默念：绿蚁新醅酒，红泥小火炉。晚来天欲雪，能饮一杯无？脑海里想到的却不是狐朋狗友，都是那年守着豆腐的女孩童和老太太在厨房操劳的影子。

我想每个人的一生，都有一个人，亲人、爱人或是朋友，像青锥铁杵般，打磨你，鞭策你，在你志得意满的时候埋伏你，在你悲伤失落的时候守卫你，在黄昏缀满长廊、月光绽放夜空的时候陪伴你，而最后，他会像一阵风一样消失。裹挟着炊烟晚厨、家长里短、千百年的王朝兴叹和如今的霓虹陆离，每天都有人在匆匆重逢、告别，然后离开。而对于这些故人，我能想象到的最美好的故事，莫过于公主已经死去，而屠龙少年的宝剑仍在燃烧。

10

大家好，我是三年二班朱聿欣，我的国旗下演讲结束了。

你好，见信如面。

给叶小姐的一封信

By 方小小

很奇怪，我是一个生活节奏很快的人，却偏偏爱写信。就像电子书再怎么方便，我也想读纸质书。大概是因为我喜欢那种真实感和厚重感，还有写信时能想到的点点滴滴，总觉得这只有通过自己的笔才能写下来，而看到的人也会懂。我们之间的相处是有温度的，想起来心里的温度好像也在上升。

from 卢思浩

亲爱的叶小姐：

你好，见信如面。

很久没有给你写信了。在提笔之前，我在心里打了无数遍腹稿，感觉有千言万语、万语千言要说，可坐下来拿起笔的时候又心慌慌地不知道从哪儿说起，有近乡情怯的忐忑和提笔忘字的焦灼。容我先去泡杯茶，静静心，回来再写吧。

距离上杯茶的时间已经过了一天，我再次坐下给你写信。这一天里，我又是打了无数遍腹稿，但是这根本没什么用，字一落在纸上，心就乱了。但我也不打算拖下去了，就这么不管不顾地说下去。

叶小姐，不知道你有没有意识到我们已经认识十六年了。在我的这三十年的生命里，有你陪伴的时间已经过半了。当我意识到这些的时候，我有些发蒙，十六年，四舍五入就是二十年，二十年再一不小心一辈子了啊？！你说你有没有因此受到惊吓？反正我是震惊了，我们竟然都不是少女了！我知道你会用我们还有少女心来安慰我，但是没用，谁稀罕当一个每天早上起来要在脸上抹十来种护肤品也难掩黑眼圈、鱼尾纹的假少女？我只希望能回到每天早上挤完痘痘，然后还能不管不顾出门泡网吧的少女时代啊！

如果真能回到那时候，我一定不要当那个傻站在春风里看着你流口水的傻子。你不就是个穿着一件白毛衣和淡蓝色牛仔裤，长得白一点，眼睛大一点，笑起来有点儿像林青霞的姑娘嘛，怎么就让我看傻了呢？你怎么轻飘飘地跟我招招手叫我跟你一起看电视，我就去了呢？我怎么着也应该拿点儿酷劲儿推辞一下啊。不对，再仔细想想，那天是我主动去找你的。我还特地洗了澡、洗了头发，换了一身干净的衣服。就是为了给你一个好印象，和你搞好关系，因为我听说有人把你妈介绍给我爸了。我那天是为了我爸的幸福才放弃当一个酷酷的少女的。这一段就算了，让它发生吧，但后来的事儿得改改。

后来，我们俩老在一起玩儿，整天在房间里看书，听歌。书是租来的，歌是用一台破得不能再破的录音机听的。每天晚上吃完饭还要去小卖店买零食躺在床上吃，然后我就吹气儿似的胖了，你却没有。那会儿，我要知道人和人体质不一样，有人就是吃不胖，我一定不跟你一起吃吃吃，你再馋我，我也要忍住，这一段得改。还有我们俩闲着无聊在家里打牌，输了得穿一件衣服。我输得太惨，身上穿了十几件毛衣、毛裤、大棉袄，关节都弯不了，被你推倒后在地板上挣扎了半小时都起不来。你不拉我，还在一边狂笑。还有，你吃了一口涩得要死的柿子却笑嘻嘻地骗我说很甜，我咬了一口涩得差点儿咬掉自己的舌头，追着你跑了几条街。想打你，又被你恶人先告状让我被爸妈骂，这些蠢事儿都得改。尤其是十几年后你还用我的口吻把这些事儿写在网上吐槽我。结果，一堆人说你可爱说我笨，这些事儿通通得改。

再后来，我爸和你妈结婚了，他们结婚的婚宴是在我爸的餐馆里办的。我爸自己当厨子做了几桌菜，脱掉厨师服又去桌上喝酒。没有人注意到我们俩已经不见了，我们去餐馆隔壁的网吧打游戏，我们各怀心事地对着电脑屏幕彼此没有对话。如果回到那时候，我一定要问问你在想些什么，是不是和我一样担心他们结婚后好不好，我们变成姐妹后还会不会和原来一样要好，而不是背过头去暗自抹着眼泪。这一段得改。

再再后来，你在老家那个十线小城市工作，我却跑去了深圳。我在深圳没找到工作穷得要死，你每个月把工资寄给我，自己在家穷得叮当响，二十来岁的姑娘连件新衣服都舍不得买。直到我在深圳稳定了下来，因为你后来的不开心，因为我对你的不舍得，我又把你忽悠到深圳。我们进了一家公司，每天上班、下班都在一起，我们朝夕相处，相依为命，过了一段很开心的生活，这一段可以不改。可开心的日子没有持续多久，你被公司派去长沙做项目，我也去了惠州，又开始两地分离的生活。又过了不久，我每天高烧。住院第一天，你从长沙飞回来陪我。没几天，我检查出了白血病，病危通知书下到了你的手里。我不用问你的心情，因为我知道晴天霹雳劈向了我就等于劈向了你。我每天每夜在医院里被高烧折磨得每一根骨头都痛，你每天每夜地在医院陪着我，给我按摩。我每一次的疼痛，你都在为我分担，极少流眼泪的你为了我流了很多眼泪。如果能重来，我宁愿从来没有认识过你，也不要让你为我承担那么多的痛苦，这一段我最想改掉。

又一个后来，我的白血病缓解到痊愈，中间的风风雨雨不用再提，你对我始终不离不弃。你结婚了，你的丈夫也是我的朋友。他是一个很好的人，对我也很好，我有时猜测他对我很好是不是也是你愿意嫁给他的一个原因。说起这个，你又会骂我不要脸的自恋吧，可你也知道我是天底下最自恋的水瓶座，没办法，这个可没法改。

叶小姐，你看，我们风风雨雨的十六年好像这么一下就说完了。这些年，我有那么多想反悔更改的事情，不知道你有没有。不过，身为天底下最自恋可同时又是最理智、最聪明的水瓶座，我有必要提醒你这个长着脑袋只为了显高的白羊座，天底下是没有后悔药可以吃的，想反悔、想重来是没可能啦。上帝在十六年前把你赐予了我，你就安心地接受上帝的安排，好好地当我最好的朋友和最好的姐姐吧。我们虽然已经不是少女，但还是要像少女那样满怀希望。我们还有好几个十六年要一起走。我保证我会好好地照顾自己，然后努力工作赚钱给你买包包啊。

最后，亲爱的叶小姐，不要忘记我们的约定，不管前面的路是弯是直，我们都要一起走下去哦。

永远爱你的方小小

2016 年 3 月 10 日

To my___

偏你准时又迟到

By 倪一宁

偏你准时又迟到，我总是很喜欢一宁的标题。偏你准时又迟到，我总是拿你没办法。但还好你来了，相见恨晚也是遇到了，那么接下去的路要一起走下去，谁都不许耍赖。

from 卢思浩

要是没分手的话，我跟齐中骏应该是这周周末领证。

我是大二的时候跟他在一起的，他高我一级。大一刚入校，我就参加了学生会的外联部。他是部长，很关照我。我们学校是大二开学前军训，我怕晒，想逃，他就拜托他的朋友，把我拉到文工团演一个话剧的小角色。从头到尾就两句台词，但可以赖在空调房里，趴在窗口看别人走正步。

军训结束后两天，就是正式报到。那晚，他说约我吃饭，我下楼。看见他骑着自行车在寝室下等。我以为他要往校外骑，但方向不对，正想问去哪儿，在一个桥墩下，他刹了车。五六个人蹿出来，捧着花，都是我们部门的人。他们簇拥着我右拐，就看到地上摆着围成爱心的蜡烛，正当中竖着一张放大了的我的照片。

特别像在祭奠某一场空难中死去的乘客。

但我当时没来得及吐槽，齐中骏就告白了。说了什么，我早忘了，但总绕不开那些词，“喜欢”“照顾”“永远”。

我相信他是真的喜欢过我，很长一阵子，也是他在照顾我。

他家是上海的。齐中骏毕业后不想跟爸妈一起住，就住在家里另一套小房子里。后来，我也毕业了，顺理成章地搬进他家。虽然是老式小区，地段也一般，但其实我挺知足的，我见过很多外地同学被房租搞得焦头烂额，我知道自己是幸运的。

虽然我很识趣，平时买菜、买日用品，都抢着说我来，但到底是省了一大笔支出。毕业三年，我比其他外地的留沪的女同学，要看起来从容不少。

说起来，这是我们在一起的第六年。我见过他爸妈——有点啰唆的、善良的中年人。毕业那年，我第一次去他家吃饭，抱了一篮子水果上门。去之前，还使劲跟好姐妹讨论要不要洗碗，纠结得不行。最后吃完饭了，他妈妈把桌子上的垃圾用筷子扫进碗里，和蔼地问我："淼淼，房子还住得惯吗？"

我说很好，然后学着她的样子，把桌子上的鱼骨头扫到碗里，加了一句："阿姨，我来洗碗吧，你们去坐着聊会儿天。"

因为省去了买房、买家具的麻烦，结婚对我们来说，成了一件很简单的事。齐中骏的妈妈去测了个黄道吉日，回来特意请我们俩吃饭，笑眯眯地公布了日子，说要不就那天领证吧。

我偷看了眼齐中骏。他忙着回复客户，压根没听他妈讲话，那就只能我表态了。我说："好的，麻烦阿姨了。"

那天晚上，我躺在床上刷朋友圈，看到从前的室友连珊晒了跟老公的一张红底结婚照，两个人都神采奕奕的，很好看。我在底下评论说：好久不见，又漂亮了不少。她火速回复说哪有，然后微信小窗我，说这个照相馆还蛮好的，帮忙化妆，后期修图也用心，就是价格稍高，一张 120 块钱。还没等我回复，她又迅速补充："别省钱，身份证上的相片已经丑得没法救了，结婚照怎么都得拼一把吧。"

我返回朋友圈，再细看那张照片，确实精致。刚好齐中骏在卫生间洗漱，我跳下床，堵在门口。他一出来，我就把手机屏使劲凑到他面前："好看吧？我们要不也来那么一张？”

齐中骏把手机接过去，还放大了图片，认真打量了一会儿，才谨慎地下结论说：“嗯，不错。”

“那我们周末去？连珊说了，这家照相馆很热门的，你敲定个时间，我先去预约。”

他从裤袋里拿出手机，看了看日程安排，然后跟我商量：“要不周六下午两点，我加完班就过来。两个小时够吗？我晚饭约了人的。”

“够的吧，只要那个时间还没约出去就行……哎，今天已经周二了，我先打电话啊。”我急急地打开电脑，到官网搜索预订电话。我不想承认，这样一个看似“办正事”的伪约会，对我来说也是雀跃的。齐中骏这几年变得越来越忙，而我们之间沟通的必要好像越来越少，少到不好意思再占据彼此的时间。

他愿意去，我很高兴。

拿到的成片很好看。我穿了件红色针织连衣裙，齐中骏穿的是藏青色西装。两个人挨得很近，像很多年前，我们刚在一起的时候，凑近了脑袋拍大头贴。

我一时兴奋，推了推齐中骏的胳膊：“你发个朋友圈吧？就算预告下。”

他愣了下，继而说好。又隔了一会儿，他说：“淼淼，我先上个厕所，待会儿出来发。”

齐中骏上厕所一向要很久，我不理他，自个儿先发，朋友圈瞬间多出好几条评论。我就靠在床头一条条客套着回过去。但今天齐中骏也太磨蹭了，我催了他几次，他都说“等会儿”。突然门铃响了，是齐中骏的快递，不知道是什么贵重物品，非要他自己签收。我只能在门口喊他，他一边系睡裤上的绳子一边出来。

快递员让他拆包检查。我在一旁看着，脑子里不知怎么想的，竟然溜进厕所，拿起他的手机，输入了密码。

页面上显示的，是齐中骏的微信联系人列表，他有的打了钩，有的没打。我再往前翻，发现是朋友圈的分组栏，他正在组建的标签是：美女不给看。点进那个标签里的联系人看，确实都是女生，头像多半是自拍或者全身照，长腿、大胸、锥子脸。

我的心越来越慌，手越来越急，不停按返回，终于看到这张他千辛万苦躲进厕所里分组的照片，是我们俩的结婚证件照。

我靠在洗衣机上，一时说不出话来。再抬头，齐中骏进来了，逆着光，看不出他脸上的神情是恼怒还是心虚。他把手伸向我："森森，把手机还我，你没事拿我手机干什么？"

很早，齐中骏就不许我碰他手机了，也不告诉我密码。但毕竟，我有那么多个机会偷看他输入，我暗暗记下了。但他不知道，所以他应该还在赌，赌我到底有没有看到。

我很累，所以我直接扬了扬手机，点亮屏幕给他看："你别藏了。"

那晚，我们闹到很晚，多半是齐中骏在解释，他先说那是客户，他不想让客户看到自己的私生活状况，又赌咒发誓说，从没有背着我跟别人睡过，他一直都是清白的。

我脑子嗡嗡的，其实什么都没想清楚。等到我意识到自己脱口而出的是什么的时候，我也被自己吓到了。我说："齐中骏，我们别结婚了，分手吧。"

他应该也被我吓到了，冷静下来，走到我面前，蹲下，抬起头看着我，说："森森，至于吗？"

当然不至于。所有人都会觉得不至于。真要分手，我爸妈第一个不答应。他们对齐中骏很满意，老家经济一片凋敝，我是怎么也不能回去的，可爸妈再疼我，也没法给我在上海安个家。过年跟家里人吃饭，我是作为正面典型被拿来夸的，他们还会再叮嘱弟弟、妹妹们几句："少搞风花雪月，看看森森，多懂事。"

我知道这些年，我占了齐中骏多么大的便宜。只要不分手，这个便宜我还能占下去，而且，越占越理直气壮。在上海，决定你阶层的，压根就不是你到手的工资，而是有没有一套属于你的、不用提心吊胆的房子。

人穷志短。而我的志向，曾经就短到，不管齐中骏对我是多么敷衍，只要他晚上还钻进被子里，不一会儿，响起沉重的、干扰得我完全睡不着的鼾声，我就觉得这日子能过下去。那鼾声对我来说，就是安全感。

我知道一旦拖着箱子，走出了这间小房子，我的人生，还不知道要横生多少波折。可是，我就是莫名地觉得我们俩很可怜。我说，我跟齐中骏，很可怜。

我爸妈要是知道，我因为这无厘头的怜悯心分手，估计会气死，但我真是这么想的。我相信齐中骏对我有感情，我也信他没做什么出格的事。但那又怎么样呢？他不怕我，一个孤身在外的，所有能力就只是一点工资的女人，他有什么好怕的？就像他爸妈对着我，口气也多半随意，一个住他家的女人，又有什么生气的资本？

我拽着他起来，把手机塞还给他，然后转身回卧室睡觉。我不是二十岁出头的小姑娘了，懒得再上演半夜出走的戏码，我想好好睡一觉。接下来，先找个快捷酒店对付几天，然后租房子。

因为之前找房子，搬行李太累了，这个周末，我真的是很不想动弹，但没办法，大老板发话，说要搞 team building（团队建设），虽然我已经摇摇欲坠，但为着集体的坚固，还是只能赶来现场。

是个很没创意的轰趴，地址选在青浦区的一套商业别墅里。大老板为显亲民，主动提出他来烧烤。然后，我们就看到，只有几个爱拍马屁的跟在他旁边，剩下的，要么在房间里唱歌，要么就缩在客厅的沙发里，看满屏幕浓烟滚滚的好莱坞大片。

我就是赖在沙发里不想动的那个，嘴上努力回应着同事的调笑，心里一个劲在算计，什么时候才能回家。老板端着盘子过来，要分烤串给我们，于是一群人又乱作一团，递纸巾，起身让位子给他，又有同事跑过来给大家斟饮料。我不知道做点什么才好，只能使劲往沙发边上坐，尽量不挨着老板。

快要挤到沙发扶手的时候，我被一个脸生的面孔截和了。他看着我，变戏法一样拿出一串鸡心："你都没吃欸，这是我烤的。"

我盯着他，心里发虚。想不会是最近上班太不走心，连来了新同事都没发觉吧。因为底气不足，所以我往回挪了点屁股，接过他给我的烤串。

"哎，等等，"他拦住我，从桌子上抽了一张纸巾，裹在细木棍上，然后才递给我，"很油的，你手好白，别弄脏了。"

"哦，谢谢……那个，你叫？"我不死心地想从记忆里寻找他的线索。

"邱来，邱少云的邱，来来去去的来。你呢？"

我真的对这个名字毫无印象。与此同时，我诚实地报出自己的名字："涂森。滩涂的涂，三个水的那个森。"

他笑了，牙齿很白："你是五行缺水吗？取这么个名字。"

"嗯……"我很熟练地点头，关于名字，我已经被这么盘问过无数次。

"那你爸妈也可以取个好听点的啊，直接三个水，这也太简单粗暴了。"

我稍微有点不耐烦了："他们没什么文化，随便取的。是不好听。"

“没说不好听啊，涂森，挺好的，反映了劳动人民的朴素智慧，哈哈。”

我突然很讨厌他，他身上有种随和的优越感，让我不想再开口。

但人算不如天算，老板起身过来，一把揽过我身边的邱来：“这个呢，是今天的编外人员，我表弟。刚从英国念完研究生回来，没什么国内朋友。我想你们年纪差不多大，刚好，大家可以交交朋友。今天的烤串，一大半是他烤的，也算是为人民服务了，哈哈。”

我这才发现，邱来的眉眼跟老板有一点相似。两个人讲话也像，都爱讲一点不好笑的段子，然后自己一个人哈哈哈。

我暗暗琢磨他的时候，邱来回过头来看我，吓了我一跳。我刚才真傻，一个劲把他当新同事，但现在说破了，就很容易觉察到，他跟我们是不一样的。我说不出到底哪里不一样，他穿得很简单，就是T恤、牛仔裤，也不是什么潮牌，但就是特别。他仿佛没有看人眼色的习惯，一脸坦荡跟无所谓。这可能是因为他还没上班，也可能，他一辈子，都不用上我们这种班。

我胡思乱想的工夫，邱来已经溜回到我身边，还顺手又给我带了一串烤翅。

“想什么呢，涂森？哦，不，涂三水。”

“想你命好。你几岁的呀？”

他睁着眼睛看我，脸上皮肤细细白白的，整个人唇红齿白，看起来年方十八：“我啊，我二十四岁。怎么了？”

“没怎么，所以我才说你命好。你回国，工作都找好了吧，肯定是什么都办妥了，家里人才想起你没玩伴，怕你孤单。我们二十四岁的时候，每天都焦头烂额的，连老朋友都没空见。”

“也不算吧，我也不是什么都办妥了……”他蹙着眉，好像很认真地苦恼了一下，“我房子还在装修呢，所以最近只能住在我哥家。他讨厌一切声音，我在家都只能戴耳机听歌……”邱来很委屈地朝我这边挤了一下，“人家也很惨的。”

我一口老血快吐出来了。

不想围着他家这个话题打转，我急忙改口问他：“你打算去哪儿上班啊？”

“设计院吧，我学建筑的。”他闭嘴，突然狡黠一笑，“不过，我要等 9 月份再上班呢，先玩三个月再说。我下星期跟朋友组织去新疆自驾，你去吗？”

我实在有点无语了，只能苦笑着问他：“你问你哥，他答应吗？”

他毫不犹豫，直接扯了嗓子喊：“哥——”

我慌忙一把拽住他，低声呵斥：“你干吗啊，我不可能跟你去啊。就算你哥准假，我手头也没一点现金了。”

他挑起眉毛看我：“这才月初呢……涂三水。”

我没想到他一个不上班的人，也知道月底发工资。看我诧异，他开始得意扬扬地笑起来：“没想到吧，小爷我也是上过班的。”

“有什么没想到，上个班又不是稀奇事。我在你这个年纪的时候，干过好几份工作了。”

“涂三水，你年纪不大，说话怎么那么老气横秋的……哎，你一个人在上海吗？”

音乐乍响，灯光也跳成深蓝色，整个客厅搞得跟夜店一样。同事们都吃得差不多了，开始轮番在客厅里跳舞，我完全听不清邱来在说什么，只能凑近他耳朵问：“你刚说什么？”

他看着我，眼睛亮晶晶的，他眼眸颜色比一般人浅一点，偏琥珀色，如果我才上大学，我一定会觉得，这是一双很迷人的眼睛。可是，我现在二十六岁了，我想起我妈说的，“眼珠子浅的人，薄情”。

邱来嘴巴一张一合，我还是听不清。他索性把我拉到了角落，坐在一堆架子鼓当中，跟我说话。

我还很执着地问他：“你之前在说什么？”可邱来只是傻笑，他问我：“你要不要看我打架子鼓啊？”

我不懂乐器，也听不出好坏，只觉得邱来把T恤短袖捋到肩上，露出的手臂线条很好看。他讲话嘻嘻哈哈的，打起鼓来却有一种流畅的狠劲，也很好看。把最狠的心劲放在节奏里流动，这架势真好看。

他敲的效果应该很好，同事们都扭头朝这个方向看了一眼。气氛彻底被炒热，大家开始划拳，掷骰子。我看着邱来，心里有一点失落，这好像才是飞扬的，甚至有点跋扈的青春。而我，好像从刚进大学起，就在研究干什么事情对找工作有帮助。

人穷志短，连青春都过得意兴阑珊。

可能是因为特别吵的环境会给人一种意外的安全感，也可能是因为，我跟邱来之间，阶层差得太远了，我反而无所谓。我开始磕磕绊绊地跟他说起这半个月发生的事情。我说起我跟齐中骏很多年的，不知道靠什么在维系也没动力分开的感情；说起一晃而过的，好像没什么可留下的青春。

我说我二十一岁的时候，就立志想留在上海了。我的故乡发展缓慢又封闭，我爸妈只是普通职工，我在那个“官僚主义”盛行的地方，分不到什么特权。可是这么多年，我以为我跟这座城市很亲近了，我知道每一站地铁是到什么地方，也知道哪个店出炉的面包好吃。我以为我一点点地正在上海站稳脚跟。现在才发现，从前以为的稳当，只是站在人家的屋檐下而已。

邱来从头到尾都没说话，我不知道他是被吓傻了，还是像在听天方夜谭。我不想管他，反正以后也没交集。我融不进这个轰趴的热闹，但我总可以，找个人，说点憋了很久的真心话。

十点钟的时候，我知道我真的要走了，赶不上末班地铁，就得打车回家。可我刚租了房子，没法这么奢侈。

我跟大家随便道了个别，就抓起包准备往外走。邱来很识相地没跟出来。我突然又有点不甘心，扭头往回看，他正在低头玩手机。像是感应到我在看他，他抬起头，举起手机，朝我晃了晃，算是再见。

到家的时候已经十一点了，小区挺老的，路过传达室，发现保安早就沉睡得一塌糊涂。我打开手机里的手电筒，加紧脚步，到最后简直在跑。

回家了以后，我才看到，邱来申请加我好友，发过来的验证消息是：涂三水，你陪我玩嘛。

接下来的一个星期，邱来都没什么消息。我呢，每天钻在办公室，不到十点，决不回家。我现在渐渐明白，为什么很多人乐意加班了，有免费茶水，有还不错的环境。抬起头，还有同事跟你说说话，比一个人窝在群租房的卧室里好多了。

偶尔碰到大老板的时候，也会想起邱来。嬉皮笑脸的年轻人，浑然不知底下湍急的生活的难。

但这个星期一早上，大老板突然把我叫进了办公室，笑得有点诡秘，说要安排我出一趟差。

我有点惊诧："什么时候？"

"就后天，去一趟天津。你们那项目也联系得差不多了，该找个时间去敲定下。"

我确实是在跟项目，但公司一贯是喜欢派一些放得开的女生去。我对着生人，容易腼腆，又不懂酒桌规矩，向来是轮不到我的。我不知道这次怎么了。

但这种问题，谁问谁逼 B。

“哦，对啦，我表弟——邱来——上次聚会他也在的那个，他最近闲得发慌。要不，你带他历练历练？”

我双腿一软，第一反应就是说“不”。我自己还没历练够呢，哪敢带着他。况且，我也摸不准，我这是要真的带着他谈公事呢，还是奉旨陪玩。前方迷雾重重，万分险恶，这活儿，我不想接。

老板笑呵呵地话锋一转：“怎么？是舍不得男朋友，不想去？”

“没，我分手啦。现在跟几个朋友一起租房子。”

“哦，”他适时地表现出一点惋惜，但很快，就把声调扬上去了，“不过年轻人嘛，失恋期，也就是事业的上升期。好好努力，机会说不定就马上出现了呢。”

我真佩服这些当领导的，一个个语气拿捏得堪比专业演员。

当我满脸笑容说“对对对”的时候，我就知道，我没什么退路了。

这是我第一次去天津，天津比我想象中漂亮。城市很整洁，出租车开过去的地方，绿化率很高，都是欧式老建筑。虽然司机垮着脸说：“也就是这段路像样。”

邱来全程都很兴奋，具体表现就是扭来扭去。动不动还拿出相机拍街景，我就想不通了，他在国外这么多年，没看过这种圆柱子尖顶吗……

晚上，我窝在酒店，吃完外卖，想放热水泡个澡，舒舒服服地把时间打发过去。但没得逞，邱来开始了连环夺命 call。在听说我的老年人疗养法之后，他大失所望：“涂三水，你这个人怎么活得这么没激情？你不是第一次来吗？澡呢，可以天天泡，但又不是每天都能到新鲜地方玩的。”

我左胳膊拽着右胳膊，总算把自己从床上拎起来。抓起粉饼拍了两下，认命地出门。

风凉凉的很舒服，马路空旷。开着车窗，所有的晚风都朝我脸上拍。

邱来这一次没有坐副驾驶位，而是选择了坐我旁边。我不知道跟他说点什么，可是不说话的时候，我也不好意思再低头玩游戏，我只能把头偏向车窗。我渐渐感觉到，风是从四面八方吹来的，而月亮高悬，我觉得自己变得很轻，像个透明体，不是车把我带向哪儿，是风，是它把我带走的。

“你不冷啊？”

“……”我没想到这抒情的片段终结得如此之快，只能僵硬地回头看他，“不，不冷。”

他不理会我，从口袋里拿出手机，跟我说：“我给你看个东西。”

然后低头按了一下，递给我。

是一幅我的素描画像。画在纸上，被拍下来了。画上，我低着头，看不清神情。马尾扎得很紧，看得人头皮发疼。这是我们第一次见面的时候我的造型。

我抬眼看他，发现他也在偷觑我的反应。

“喜欢吗……我回去以后想着你的样子画的。还可以吧？”

我这才想起，他是建筑师，绘画应该算是个必备技能。邱来显然是个急性子，一个劲问我：“好看吗？好看吗？”

我故意撇下嘴角，说：“也就这样吧，没有画出本人的神韵。”

他果然被激怒了，指着画像说：“哪里没有画出来啊，我还帮你把睫毛画长了呢，你看！”

我翻了个白眼，朝向车窗，再也不想理他。

清静了一会儿，他又拽了拽我的胳膊：“哎，别生气啦……好啦，我承认，短睫毛也别有一番神韵。”

仍然不想理他。

“喂，涂三水，你就不好奇，我为什么只画你低头吗？”见我没反应，他又自顾自地接下去，“因为你老低着头，我一不跟你说话，你就开始低头。看看手机时间，看看自己衣服的口袋，连椅子、凳子都比我好看。你干吗老低头啊？你睫毛又不长，一点都不楚楚动人。你打我干吗呀？我跟你交心呢。涂三水，你眼睛抬起来比垂下去好看，你笑起来的样子，比抿着嘴好看。”

我一下子不知道该说什么。

“你呢，以后多仰着脸，多笑笑，行吗？我回去就有印象了，就能帮你画个更好看的。别像之前那样，标志性五官，不是口鼻耳眼嘴，是稀稀拉拉几根短睫毛。”

我用力拧了他胳膊一把。他怒目而视，我也挑衅地回了个笑容过去。太急着报复，都没有意识到，我好像在他面前，不自觉地放肆起来。

这个摩天轮很有名，号称“天津之眼”，建在海河边上。跟我们一起排队的，基本上都是大学生小情侣，有的囊中羞涩，下了好大决心，才掏140块钱买两张票。也有一些，明显是女孩子硬拖着男朋友来的，她在那边叽叽喳喳，指指点点，身边的男生埋头看手机，偶尔才“嗯嗯”两声。

邱来凑到我耳边问：“是不是你们女孩子都喜欢这种啊？”

我看了看那个一脸兴奋的女孩子，唇色很亮，估计是新补了釉色的唇膏，我很想被她的快乐感染，却只能诚实地跟邱来说：“不是。”

我觉得坐在上面无所事事半小时，只为了咔嚓几张城市夜景或者自拍，是性价比很低的行为。我跟齐中骏在锦江乐园坐过一次。两个人在里头半晌无话，又觉得这时候玩手机不合适，于是强行没话找话，最后莫名其妙地说起浴室里的地漏有问题。我怪他也不找个时间通一通，齐中骏不以为意地说：“还不是你的头发？我以前跟室友住的时候，就没有过这个困扰。”下来的时候，两个人都是怒气冲冲的。也是那一次开始吧，我们俩有意无意地避免跟对方长时间地交谈。

到后来，齐中骏晚上一两点回来，我听见了，也醒了，但就是不想睁眼跟他打个招呼。我会有点庆幸他的疲倦，让我能够以“不打扰”的名义，逃过睡前天马行空地聊天。

我突然觉得自己也是个混账。这次分手，谁也不能埋怨。

“嘿嘿，上去啦。”邱来一把抓住我的手，把我拽上了轿厢。通常每个轿厢要塞八九个人，我不知道他要了什么手段，管理员放了我们俩单坐。通常，门边的座位视野最好，我就选在了一侧的门边。很自然地，觉得邱来应该坐我对面去。

没想到他大摇大摆地直接在我身边坐下了，还指着底下的桥说：“这是全世界唯一一座建在桥上的摩天轮。神奇吧？”

我愣着，下意识地点头。他就瞬间笑开了：“嘿，我刚才趁你发呆的时候看介绍的。你看你，傻呆呆的，走哪儿都不看路。”

“……”

随着高度的提升，室内外的温差变大，于是玻璃上多了一层层的水蒸气，能见度渐渐就变弱了。但隔着一层雾，看到的夜景仍然很美，整个城市亮得很柔和，唇齿也突然艰涩缠绵起来。我靠在玻璃上，偶尔应两声，不想再跟邱来嬉皮笑脸。

其实，升到最高点的时候，窗外反倒没什么景色可看了。往下俯瞰，隔着一点雾气和霾，那些写字楼的轮廓都没那么尖锐了。很多人恐高，但我其实是很喜欢站在高处的。我喜欢飞机滑行起飞时的失重感，喜欢被过山车甩到顶点的刺激感，也喜欢现在这样，远远地眺望地面上的一切。

只有在这些时候，我才会真正觉得安全。

我下意识地偏过头看邱来。他正看向我，眼睛亮晶晶的，不知在想些什么。我想朝他微笑，但刚翘起嘴角，就突然——开始打嗝。

这嗝不是连着打，却完全停不下来，而且幅度很大。每打一次，我都会忍不住，连着胸脯、身体一起震一下。我再怎么想强装镇定，都没有用。

邱来当然发觉了，他笑得八颗牙齿闪闪发亮，眼睛、鼻子全皱在了一块：“哟，涂三水，你怎么啦？”

“打嗝……”我想白他一眼，但也知道自己此刻跟吃撑了的公鸡一样，傻得很。

邱来开始肆无忌惮地一阵狂笑，边笑边轻轻地拍了拍我的背：“你没事吧？晚上吃什么啦，吃那么多啊。”

“冒菜啦。急着想泡澡，噎着了。”

“我说你这身上的味道，跟从方便面调料包里揪出来似的……”邱来用两只手指拎着我的衣角，眉梢眼角，是浑然天成的嫌弃之情。

我挤在几个嗝的空当里，推了他一把：“怎么办啊？”

他想了想，伸手过来捏住了我的鼻子，又一只手捂住了我的嘴巴。对，就是社会新闻里，凌辱无知少女的套路。我急着想挣脱，他在我耳边瓮声瓮气地来了句：“别动，这样有用，过一分钟就好了。”

那一分钟特别漫长，我嘴巴跟鼻子都不自由，只能睁大眼睛，看着摩天轮外，被底下的明亮灯火映照得微微泛蓝的夜空。

我没注意到自己已经放轻了声音：“喂，他们说其实人打嗝，吓一跳就好了。”

“嗯。”身后的人很沉稳地应了一声。

“那你干吗不吓我啊？”

“哼，”邱来先是嗤笑了一声，然后捂得更紧了一点，“你成天一副惊慌失措的表情，我哪儿还敢吓你啊。”

“我哪有——”我忍不住挣扎着要跟他对质。

“别动，”他手臂之前是虚虚地环着我，现在终于，他的皮肤覆盖在了我的小臂上。通常情况下，人体体表温度是二十七八摄氏度。我们在高处，我的毛孔渗进了四面八方的寒意，应该再偏低一些，但邱来的皮肤是滚烫的。他的体温迅速传到了我的手臂上，想挪开的同时，却听见他没头没脑地解释：“我舍不得。”

到了我这个年纪，都把自己当成工业机器用。但这一晚我预感到，我快要变成一台棉花糖机了。邱来给我一小勺糖，我就能把它纺成一大朵云。我明明勤快地踩着纺车踏板呢，却还是犟着嘴说了句：“没事，你来吓吓看啊。”

到酒店的时候已经十一点了，我一路早就被风吹昏了头，凭借着记忆在走廊里乱拐，还以“职场老手”的口吻教训邱来：“回去早点睡。明天早上起来，我们一起再检查遍合同。我呢，要再明确一遍谈话重点，你别捣乱就行，也别多话……”

觉得身后过分安静，我掉转头看，发现走廊里空空荡荡，哪还有人。

我一下子蒙了，看了看捏在手里的门卡，确定这方向没走错。那就是邱来不知道落在哪儿了。这个人心特别宽，之前手机只有8%的电也敢出门，回来路上就没电了，也不慌张，还问我要不要再兜一圈。

完了。他落哪儿了？

我心里真是无限懊恼，之前那点迟疑的暧昧感荡然无存，只觉得这人真烦。初来乍到，先拽着我出门，半夜三更，逼我跟猎犬一样，压低着声音喊人。

我说了我这人混账，别人对我再好，之前无论累积多少感激，只要给我造成一点不便，我就会把那些通通清零，抱怨个不停。

但也是真的烦。我二十六了，可能就会在被迫找邱来的过程当中，滋生出第一条眼纹。

走到电梯拐弯处的时候，我快绝望了，我想他还能去哪儿呢？不至于乱敲个门，别人还将错就错，把他拽进去睡了吧？这么说，也不是完全没可能。

“嘿！”

一团人影跳到我跟前，还伴随一声浑厚的呐喊。我吓得差点一屁股坐地上，惊魂未定中睁眼一看，这眼前的肇事者，不是邱来又是谁？

我没法控制自己的嗓音，又尖又厉道：“你有病啊。”

邱来嘴角还残存着得逞的笑容，不说话，上来想扶我。我甩开他的手，自己用力撑一把粗糙的地毯起身，手心迅速变得通红，紧接着是痒，我忍着不揉。

“你有病啊，邱来，二十多岁的人了，还装神弄鬼捉迷藏啊。”

邱来的笑容垮下去，但很快又撑起来。这一次，他的神情是诚恳的、温柔的，他强行扳过我的手心看，轻声问我说：“疼不疼啊？”

我摇头，不说话。

“好啦，是我不好。你说你胆子大嘛，我就想吓你一跳。是我不对。”

我被他的好脾气弄得有点说不出话来。邱来就顺势推着我往前走：“好啦，快回去睡，明天早上我来叫你。八点半，是吧？我保证比你早半小时起床。”

其实第二天，我们俩都起早了，我又认真看了主管发给我的邮件，发现争议事项其实双方都谈得差不多了，当面确认下就行。总之，这趟差，随便拎个人都能上阵。

事情两天就解决了，机票是第二天下午三点。我跟邱来从人家办公室出来，我下意识地就想打个 uber（优步）回酒店窝着。

“哎——”邱来拦住我，一脸受不了，“你又要回去睡觉？涂三水，你是树袋熊转世吧，一天要在被窝里趴十二个小时。”

“我很累，”我扶了扶肩上的包带，“你要是不困，你就去玩好了嘛。夜店场子，随便找一个。”

邱来很费解地盯着我，然后扑哧一笑：“涂三水，你是不是不会玩啊？”

我都懒得理他了，继续移动打车软件上的蓝色小图钉，想早点滚回去泡个澡：“谁不会玩啊。只是我没你这个精力跟成本。”

邱来的气焰瞬间就弱了，我以前也没跟什么富二代打过交道，但我猜想，邱来一定是其中脾气最好的几个之一。但他也没什么好撒气的，这种人，眼看就要有幸福的、快乐的、晴朗的一生，他头顶没有一片阴霾，又何必要暴躁地为难别人。

他可怜巴巴地拽着我说：“涂三水，你陪我玩一会儿嘛。你这么忙，我怕今天之后，就再也逮不到你了。”

我看着他，有一秒的心软，就在这仅有的意志力不坚定的时刻，邱来劈手抢下了我的手机。

我以为他多有主意呢，可是坐在出租车上，他又可怜巴巴地问我：“涂三水，你想干吗呀？”

我想睡觉，这不早说了吗？

他眼看我一脸不耐烦，就转了个方式问：“你有什么……没做过的事情吗？”

那太多了。我相信虽然我比他年长那么几岁，但经历却空白很多。我没有出国玩过，我没有跳过伞、蹦过极，尝试过任何一种惊险的玩法。他拼命玩的时候，我在忙着拼命。

我本来想笑笑敷衍过这个话题，却不自觉地脱口而出说：“我连烟都没抽过。”

邱来的表情立刻就轻松了，他开始嬉笑着手舞足蹈：“那容易啊，待会儿让师傅在哪个小卖部门口停一停，我下去买一包，我们回去抽。”

“会不会很呛啊……我身上会不会有烟味？”

邱来坐直，凝视了我一会儿，然后动手捏了下我的脸：“涂三水，你怎么这么紧张，抽包烟而已。你二十六啦，不是十六，不用回家应付你妈检查。”

我很想踹他一脚，说不清是因为他的揶揄口气，还是因为他捏了我的脸，但邱来突然开始叫起来，让师傅停一停，说看到了卖烟的。

邱来带回来一包万宝路，还有一只滚轮打火机。他那个样子，有点像高中的时候，学校食堂菜色很差，又不让我们带外卖。一次午自修的时候，我就看到我上午请了病假的同桌鬼鬼祟祟地进来。他捂着肚子，眉头紧锁，一脸苦大仇深。

在走廊巡逻的老师喊住他，说：“你怎么回事？”

他一只手捂着肚子，另一只手扬了扬假条：“拉肚子，上午去打针了，刚回来。”

老师点了点头，示意他动作快点。

慢吞吞回到座位的他，一落座，突然动作就迅疾起来了。他手伸进宽大的校服下摆，拿出一个汉堡，塞到我桌肚里。我说：“这是什么呀，麦当劳？”

他说：“汉堡王，新开的。你尝尝看。”

汉堡很香，我需要把它埋到最里面，用很多的教辅书来掩盖它的香味。

等到午自修结束的时候,面饼就软塌塌了。我的同桌很惋惜,但我非常高兴。

我抬起头,朝邱来真心诚意地笑了一下。他估计有点蒙,又不知道该说什么,只能一边摆弄打火机,一边垂着眼睑吐槽我:“傻了吧唧的,笑个屁啊。”

万万没想到,这个滚轮打火机点不着火来。

邱来起先是想给我示范几个帅气的点火姿势的,可是没辙,他拿到眼前来一丝不苟地试,照样打不着。我在旁边没完没了地“哈哈哈哈”,他怎么拿眼睛斜我都没用。

他还想再去小卖部里买一个新的,我说酒店都到了,找前台要个打火机吧。

酒店前面有一个露天餐厅,我们问前台要了盒火柴,就坐在餐厅的竹藤椅子上,仪式感十足地开始抽烟。

邱来先给我示范着点了一支,老实说,混合着一点真不羁和假风骚,是真迷人。他抽到一半,就把烟搁在了矿泉水瓶的盖子上,被嘴唇包围过的部分濡湿像在暗示点什么。他把另一支递给我,挤破爆珠,让我咬在嘴里,然后手上利落地点火。

“涂三水,是咬着,咬着,你有点腔调行吗?你是在叼烟,不是在含体温计。”

我撑不住地笑了出来。

他把烟的角度摆好,让我重新叼在嘴里,点着了。他教我说:“你别过肺,过肺才会上瘾,你就在嘴里含一会儿,然后缓缓吐出来就行。”

我一边点头,一边一鼓作气地往外吐,全喷在了他脸上。邱来气得没辙,只能反复强调:“缓缓,要缓缓!涂三水,你洒防虫剂呢。”

他怎么那么可爱啊,奓毛的样子也可爱。

这么可爱的人，为什么我早先没遇到呢？

就在走神的这一会儿，我把烟吸进了肺里，然后整个人，开始惊天动地地咳嗽。邱来递过来一杯水，我才觉得好些。也就是在这时候，我发觉他的手关节也特别好看。

我有多久没注意一个男人“好不好看”了。齐中骏不丑，但也称不上好看，毕业后跟大多数男人一样，快速变胖，肚子上堆积了一圈脂肪。但他们毫不介意，其他人，好像也不介意。好像不管他多么不注意，只要有套房子，有个正经工作，仍然会是个婚恋市场上的抢手货。而我，仍然要为他的肉体忠贞感到庆幸。

我看着邱来，心想：幸好你不必变成这样，最好你永远不要这样。

邱来开始教我怎么个入肺式抽烟。我试了两下，然后感觉到一阵巨大的眩晕感。他说这是正常的，因为过分刺激。我把头靠在椅背上，听他在旁边讲生烟跟熟烟的区别，跟我说别担心牙齿发黄。心里想起的，却是我爸妈。

他们听说我跟齐中骏分手的原因之后，一直在打电话追问我，到底有没有什么隐情。我说：“就这些。”他们在那一端反问：“就这些？”

齐中骏的妈妈也给我打了电话，她说：“淼淼，阿姨听说了，我批评过骏骏了，是他不对。阿姨不太懂什么叫分组，但他跟我认过错了。我听着，好像也不是特别严重哦？你看你们也这么多年了，突然分掉蛮可惜的。你一个小姑娘呢，住外面不安全，也不划算。你看要不要哪个星期天，来阿姨家吃玉米排骨汤啊？”

邱来不会了解，他教我怎么掐灭烟头显得比较帅气的时候，我脑子里，全是这些嗡嗡嗡的声音。

他握着我的手，我们一起把一个烟头按灭之后，他轻轻喊了我的名字：

“涂三水。”

我不知道他要说什么，但我心里清楚，我最怕他说什么。我怕他告白。

我是一个很糟糕的人，我悬在两座峭壁之间。既不愿意回去宽恕齐中骏，也不敢，真的把关乎“时间”和“承诺”的赌注押在邱来身上。

我只跟高中时的朋友说起过邱来。她说那多好，你前一个刚分，后一个就来了，无缝衔接，你都不必太伤心。

我跟着她嬉笑，心里却知道，还是太迟了。

太迟了，年轻的男孩子像朝阳一样，我却早就陷在水泥地里，一寸寸往下沉。他的光芒照得到我，救不了我。

我希望这趟差永远不必结束，也不要有人来追问我关于邱来的答案。我自私，我只想享用他的轻松、他的没脸没皮，甚至他的笑声——像一匹闪着光的丝绸，在春日里被抖开。

但结尾很快要来了。他要是什么都不说，那就等回了上海，我们重新泾渭分明。

可他一旦告白，那此刻的醺醺然，都会成为泡影。

我已经听见了那部垂头丧气的 iPhone 手机在电量 20% 的时候响起的提示音。赶在邱来开口之前，我咬住了他的下嘴唇。

很软。

这个吻细长绵软，像雪落在嘴唇上，一点重量感都没有。我又顽强地撬开他的牙齿，扫过他口腔的每一个角落，捡拾到的，是薄荷味跟烟味纠缠后的余味。我感觉我们像两只困在玻璃窗里的飞蛾，每一次触碰，都是在躲藏。

邱来突然把我扳正。我一阵绝望，连忙塞给他矿泉水，我说：“别，什么都别问，都不可能。”

都太迟了。我已经二十六岁了，我们从前活在两个世界里，其中的深刻鸿沟，不是一句即兴发挥的“爱”可以解决的。他将来的路太好走，跳着、蹦着、拐着弯都行，我不是这样的。

更难过的是，邱来说得对，我不会玩。可是，我绷紧了弦活了那么多年，也没有给自己张罗到什么，我没有拿人生玩乐的权利。

我想跟他说很多话，我是真的舍不得。他就像命运错手派发的一个礼物，我心知肚明不属于我，却还是想多保管几天，再假装无所谓地还回去。

但我只能快步走进大堂，小跑着进了电梯。我下意识地掏出手机一看，九点三十七分，还剩最后 7% 的电。

第二天，我们是以怎么样别扭的姿态相处一路，我已经忘了。总之，回到上海，他去停车场取车，我转地铁二号线。

日子可以说过得不好不坏。我拒绝了齐中骏妈妈的邀请，她又给我送来一锅萝卜鲫鱼汤，搁在我们小区保卫处。我提早下班去拿，但始终没喝，就看它凝固，表面结了厚厚的一层油脂。看着气闷。

我决定不回去了。

因为没什么好多想的，只能全身心扑在工作上，我晋升了一级，待遇也比从前好一些。手里多了点闲钱，刚好可以让我焦虑，是“存起来买房子呢”，还是“管他呢先花掉再说”。

邱来很久没出现了。有一次，中午跟同事吃饭，大老板硬要掺和，问我们附近哪儿有好吃的泰国菜。席间，有人问起他表弟，还说他长得像泰剧男演员 Pong（纳瓦・君拉纳拉）。大老板大感兴趣，还要我们搜照片给他看。他看完点点头，问：“那你们看，我像谁啊？”

我们昧着良心开始七嘴八舌地找，因为大家撒谎的方向各有偏差，所以并没有一个统一的结论。最后，大老板大笔一挥，做了总结：“我是综合各个帅哥的长相，哈哈哈。”

我们一起哈哈大笑，分冬阴功汤的时候，我身边的实习生小姑娘脆生生地感叹："老板，你表弟真那么帅啊，我都没见过呢，好可惜。"

我都不敢抬头，闷声喝汤。

不知为什么，我感觉老板朝我这儿瞟了几眼，然后用不大不小的声音说："哦，他啊，没长性。之前出了个差，说累着了，现在每天就赖我家里，什么正事都不干。过两天，可能跟几个乱七八糟的朋友去新疆吧，随他。"

"哎呀，命真好，我还要上班呢，他就可以出去玩。"实习生没心没肺地接话，我感觉我左边的胡姐踹了她一脚。

紧接着，老板像是突然记起什么一样，跟我们说："公司有个项目，要去芬兰待半年，有没有人乐意去？"

已经是10月份了。接下来，白昼越来越短，芬兰纬度那么高，感觉是个很抑郁的冬季。只有毫无概念的一个程序员同事，傻乎乎地问："是欧洲吗？欧洲好啊，我想去。"

我放下手里的春卷，说："我去吧，反正我们老家跟那边纬度差不多，我容易适应。况且，之前去过一趟天津，都让我快要爱上出差了。"

老板跟我对视了一眼，我感觉，我比他要从容。

其实，能出国真的是我一直的梦想，我本科是学意大利语的。当时，毕业最好的出路就是申请个国外的大学出去读研。但是，我连托福都没考，人家念托福的工夫，我读了门财务会计的二专，这也成了我后来的立身之本。

我很长一阵子都在迷恋地中海，我喜欢那种高浓度的、莹莹的蓝。本科的时候，有半年去意大利交换的机会，我妈问了我需要花费的大概数额，然后就沉默了。我有点不服气，妈妈就在微信里丢给我几篇文章——心灵鸡汤类的，什么一个年轻人去公司面试，董事长让他回家给妈妈洗手，让他懂得感恩之心。

我妈又发过来她自己的手。我说："我不是给你网购了护手霜吗？"妈妈说没用的。

我不知道是真的没用，还是她压根就懒得用，但我之后再也没跟她提过。

回到公司，老板找我去办公室，问我想好了吗，怎么想到要去，一个女孩子会不会不方便什么的。我都敷衍回答着，说这项目起先就是我们部门经手的，我挺想自己试试看跟完。

我觉得老板应该有点其他问题想问，但我还是赶在他旁敲侧击前，主动收拾好文件说："那我去干活啦。"

他们说，每一段感情都应该让你提炼出一些什么，让你成为一个更好的人。

我以前觉得扯淡，现在莫名地有一点相信了。

邱来像上帝塞错的一个礼物，但他不是玩偶，他是蜂蜜。尽管我还回去了，还是蘸取了一些甜意在手上。

因为他，我不想再回到安全的、气闷的地方去。我想试试看，在广阔的寒冷的腹地，一个人呼吸。

真正出发的时候已经是秋天了。我在随身行李里带好了软底拖鞋和眼罩，这是我生平最远的一趟飞行，我出发得战战兢兢。

我提早了两个小时到机场，确保电脑充满了电，够我看一路的《傲骨贤妻》。然后紧张到不停地跑到饮水机处打水喝。

其实，我们这种人，真正要走了，也没什么好挂碍的。交割清楚工作和房租，就再也没什么人来找我了。

齐中骏早就把我拉黑了。一开始，我还觉得气愤，后来想想，对他们家来说，何尝不是一则“准媳妇骗房、骗吃喝，结果落跑”的社会新闻。

邱来……邱来也没有再找过我。我每天“视奸”他朋友圈的动态，青春洋溢，别开生面，看得我不好意思跟他说个“Hi”。

人家明显很嗨啊。

很奇怪，手机振动了一下，我看到是邱来的微信。

很简单的三个字：“往后看。”

我第一反应是他要演出大型偶像剧举个牌子跟我在机场表白吗？这么一想，脖子沉重得要命。人，到了一个年纪，面对任何轰轰烈烈的表白，都只会犯尴尬症。

我在心里拼命祈祷，他不要因为年轻气盛，做出什么夸张的行为，我宁可他，轻描淡写地，出于无聊来给我送行。

转头看到的邱来，穿着风衣，提着个大箱子，还死不要脸地……戴了墨镜。

我朝他挪步子过去，问：“你干吗呀？”

他拿出一张机票，我低头瞄了眼，跟我同一班。

在我开口之前，邱来眼明手快地把行李杆塞进了我手里，懒洋洋地往前走：“涂三水，你这个人，自闭、阴郁、心理阴暗，凡事都往最坏了想。你这种情形，怎么能独自去芬兰呢？所以我呢，就申请跟你一起外派了。这一次，我是你的监管小组长，你得听我的。”

我忍住嘴角的笑意，丢给他一个冷峻的眼神。

我说了，邱来的性格很好的。他立刻就停下来，趴在行李杆上，贼兮兮地对我笑：“那大事听我的，小事听你的，也行。”

我不理他，开始拽着行李箱往前小跑，突然听见他大喊“涂三水”。我转过头想瞪他一眼，却看见他举着手机，朝我挥了挥手。

跟第一次见面时，一模一样的嬉皮笑脸。

爱情或其他，
都没有共同生活来得伟大

By 荞麦

我还没有遇到你，我想要好好生活，我想要知道跟自己怎么相处。这样，我才能知道怎么跟你相处。在没有人懂你的时候，你要自己懂自己，之后才能遇到心领神会的那个人。就像要遇到灵魂伴侣，总得要找到自己的灵魂。

from 卢思浩

我一直很怀念曾经单身的那段时间。大概是 2005 年，住在新买的小房子里，独自生活，既孤独又静默，被时间慢慢打磨成一段特别美丽的记忆。我记得自己如何每天晚上站在厨房里，听着电台喝水看书，有时喝酒。然后洗澡，睡觉。周围的气氛，只要回想，就恰在眼前。

之后，我有了非常稳定的二人生活。二人生活仿佛把一切都蒙上了一层模模糊糊的色彩，我的记忆开始出现很多的空白。有一天，我发现我们俩竟然已经共同度过了七年多时，简直惊呆了。

这些年里，争吵、辩解、冲突都曾经有过。心心念念想着："马上就分手！"但最终并没有分开，反而日复一日地生活了下来。

这里面既有软弱，也有柔韧的部分。对他的缺点，已经非常了解，想来他对我也是。如果要说什么进步，只是大概了解到：不管此时的冲突多么剧烈，半小时之后就有可能和好。所以，慢慢就不再那么激烈。

但也还是有忍不住十分激烈的时候。家里电脑的屏幕被我砸出一块斑，地板被我砸得坑坑洼洼。他砸坏我一副备用眼镜。事后，他说：“一直觉得很丑，就顺便砸了。”咖啡玻璃壶有一次也被砸碎了，他的表情跟我一样震惊。之后，他懊恼地说：“根本就没想到会碎嘛！我明明只是轻轻拍了一下。”

总的来说，我懒惰而他勤劳，但我勤奋而他闲散。（这里面的分别能明白吧？）他这个人脾气很冲，但几分钟之后就会变回可爱的小狗，是绿巨人型的人格。而我在生气时脸上会呈现出决绝的表情，一言不发，是冷暴力型的人格。吵架时，我们都说过很可怕的话，吵完也就忘记了。两个人在一起，健忘仿佛是必需的美德。

说到合适的地方，大概是来自相似的家庭：父母都恩爱、勤劳、善良、爱动脑筋；都是爸爸做家务比较多，所以现在也是他做家务。我们俩都是家族中成绩最好的小孩，但长大后并没有什么太大的出息。他甚至比我还要喜欢我的家乡：背着相机到处走，给村里人拍照，特别喜欢我家的饭菜，还基本学会了我的乡音，能听得懂，偶尔还会讲。弟弟习惯了跟他一起玩。作为家人经常一起吃饭，假期开车出去玩，还一起去过日本。这种由共同生活而形成的整体感日积月累（两个家庭变成了一个家庭），形成了很难更改和撼动的东西。

人们因为相爱而结合，但相处却又是另一件事。从爱情到生活，中间有很多磨损，又有很多增添。就好像是把宝石都磨成了石头，却又添加了水泥，最终砌成了一堵墙，共同抵抗着什么。

出差时，我一个人会睡不好。他不在家，我很多东西找都找不到。周

末时，我们俩分别在不同房间，各自看电影或者电视剧，互不干扰，但知道对方也在，跟一个人在家的感觉很不一样。

有一次我出差，他在家上厕所时发现纸没了……恰恰就是这种时刻，而不是那些浪漫的时刻，让我们更加思念另一个人。（不要问我他后来怎么办的……）

我很喜欢《最完美的离婚》这部剧。为什么叫“最完美的……离婚”呢？因为它主线讲的是两个完全不合适的人，包括要不要生小孩都有严重分歧，却因为共同生活而产生了羁绊，这种羁绊无法再用是非对错来评判。光生和结夏觉得过不下去想离婚，却又彼此思念。两个人通过离婚知道了结婚的意义，并证实了爱的存在。

地震的时候，光生发短信问：“盆栽还好吗？”结夏非常伤心。但这是夫妇间很常见的一种表达方式，微妙在于：因为太熟悉，感觉对方是自己的一部分，仿佛表达关心有点刻意，会用奇怪的问题来代替。盆栽还好吗？这个问题的答案也能说明结夏好不好。这个问题既关心盆栽也关心结夏。就像多年相处之后，打电话回家不会问你好不好，而是问有没有给芦荟浇水。

最后，光生给结夏写了一封信，没有提出怎么解决两个人之间的分歧，但表达了想念和等待的心意。暂时搁置两个人的分歧也是夫妇的相处之道，不是一定要有一个结果——并不是说立刻要生小孩，也不是说肯定不生。而是说我们再看看、再试试，看看怎么往下走。

而另一对，谅是个非常风流的男人，有很多女朋友，却口口声声说只想跟灯里一起生活。灯里非常伤心，却也一直忍耐（多情的男人常常有特别温柔的性格）。要在以前，我大概会感到愤怒，现在却变得能理解一些了：他喜欢的人或许有很多，想在一起生活的，却只有她一个。这里面当然有非常自私的成分，大概也有旁人无法理解的情感纽带。

剧情当然是美化了这一切，但生活本来就大于忠诚或者专一吧。或许每个家庭很多年之后再看，都曾有一段心猿意马的故事，但故事之后能不能回归平静，才是考验家庭关系好坏的关键。（但他如果这样，我就打断他狗腿。）

生活不止一种。自己与自己的相处，也是会越来越坚固的。有单身的朋友每天打扮得时髦漂亮，一大早起来跑步，一个人吃饭，喝咖啡，做瑜伽。这种生活也会日渐一日地变成一样伟大的东西。这两种生活没有所谓的好或者不好，只是说出于偶然的原因，你进入或者没有进入下一个阶段，你或许完整保存了自我，或许留出了余地。

无论如何，总是想要好好生活。在遇到那个人之前，好好对自己就是给他最好的礼物。这样，遇到他的时候，就不会害怕失去。因为那是一个温柔、包容，又懂得一起生活的自己。

没有爱，你走不到这里

By 司康

没有爱，你走不到这里。
其实没有爱，我哪里也去不了。

from 卢思浩

在飞机上醒来时手脚冰冷，也不知什么时候睡着的。毯子卷曲着歪在一边，耳机掉在地上，小屏幕上的电影已经接近尾声。空姐递来一杯热茶，我握着暖手。

这半年里，每个月都要去洛杉矶出差，多年前留下了人生中最美好回忆的这座城市，最近越来越令我头疼。好在从东京有直飞，不用转机奔波，新航的空姐又温柔，差旅也就没那么苦。

重新戴上耳机，反复翻看着电影目录，这条航线上的片子也快被我看烂了。扫到倒数第二页，上下夹击的口水片中间，《阿甘正传》突兀地躺在列表里。

我一直觉得像这种看过太多遍的老经典，并不算是打发时间的首选。但在没有更合适的选项时，它躺在那里，你又很难拒绝。

我按下了播放键。

连百度都默认，影片的女主角是那个叫珍妮的悲剧女人。可是从小学四年级在阶梯教室里第一次看到这部电影，我就把最佳女主角颁给了阿甘的妈妈——在贫穷与纷乱中为儿子撑起一个有尊严的童年，也为了能让儿子有书读而与校长苟且。只要是为了你，可以温暖慈爱如圣母，也可以脏污到沟渠深处。

而最难忘的，还是阿甘因为智力测试不合格而被学校拒收时，妈妈在办公室里竭力争取的场面。

她问："您说的正常水平指什么？"

她说："这区区五分的问题一定会有办法解决的。"

她告诉阿甘："永远不要听信别人说他们比你强。"

她爱他，并相信他，她从未放弃。

五岁那年，我因为喜欢舞蹈而考去了少年宫。

虽是艺术班，下午也是有文化课的。只是我年纪太小了，常常听不懂。

有一天放学，班主任让我带一封信回家给妈妈，我乐呵呵地照做了。

我至今还记得那天晚上，我和妈妈在厨房里面对面地坐在小板凳上。她打开信，读完也没什么特别的反应，只是轻声问我："学校的功课很难吗？"

我告诉她，最近学算术，我只会背1+1=2，但是2+1开始就不会算了。

妈妈说："是吗？那我们现在来试试看吧。"她便坐在小板凳上教我加法。也许是她的方法得当吧，不一会儿，我竟然就学会了。她又反复测试了几次，发现是真的会了，便自豪地大笑："我就说嘛，我的女儿肯定没问题！"

原来，班主任因为我几个星期都学不会简单加法而颇感担心，给妈妈写了那封信，表示我的智力水平似乎不正常，应该早作打算。

教会了加法后，妈妈问："为什么几分钟就能学会的，你在学校这么久都不会算呢？"

我想了想，说：“老师上课问的是‘二和一等于几？’不是‘加’，而是‘和’。最近，电视上广告在播‘飘柔二合一’，所以老师一说‘二和一’我就想到飘柔，搞不懂要怎么算。”

妈妈听了又笑了，捏着我的小脸说：“真聪明，我女儿怎么这么棒呢？”

即便在我还小得不懂事的时候，我也隐约明白，妈妈对我是充满信心的。

在经济并不充裕的年代，她尽全力支持我的每一个梦想与任性。尽管三分钟热度的我并没有成为钢琴家、舞蹈家或美术家，她也从不后悔在我身上花费的每一分心血。

她是我人生中的第一位老师：当三岁半的我从南京回到沈阳，满口方言无法跟任何人交流时，她耐心地教我背完《唐诗三百首》，使我练就了标准的普通话；在我识字后热衷于收集世界童话故事的那几年，她纵容我把整面书柜塞满版本不同，内容却一模一样的故事书。有一次，新版上市，整套的油墨彩页精美无比，可售价要600块钱。那可是20世纪90年代的600块钱啊。她看着捧着书本不愿放手的我，硬是掏光了钱包买下来。是她，启蒙了我对文学艺术的兴趣和热爱。

因此，我不该惊讶，当幼年的我被老师误会是智障时，她不嫌弃我丢了她的脸，不责怪我“净想些乱七八糟的”，而是夸赞我拥有出众的记忆力和想象力——至少她一直这么坚信着。

飞机降落成田机场。

往常这是我解放的时刻，但这一次，东京只是中转站。在三天的逆时差工作和十二个小时的飞行后，我还要拖着沉重的身体，顶着干燥的皮肤，等待三小时后的转机，去往我的目的地。

在等候区打开手机刷微博，看到一个女孩发来长长的私信。她说她好想家。

出国留学第一年，别说享受异国文化了，连读书都无法专心。好想念爸爸、妈妈。这一刻强烈地觉得，能跟家人在一起，吃一口家常便饭，是多么奢侈的幸福。

她问："要怎样才能不这么难过？司康姐姐，你在国外这么多年，从来不想家吗？我这种软弱没出息的人，一定永远无法像你一样坚强吧……"

我不由得笑了。介于苦涩与欣慰之间的，只有真实的回忆才能解释的笑。

我从小就特别恋家，胆小、爱哭、离不开父母。

幼儿园有长托寄宿，但我从来没有住过校，每天一放学，妈妈一定准时来接我。只有一次，爸爸去外地出差，妈妈也有推不掉的会议，于是她问我："咱们住一次幼儿园，和小朋友们一起玩，就一个晚上，好不好？"我说好啊。

妈妈买了三大兜我最爱的零食，下午特意来幼儿园见我一面，拜托老师好好关照。

晚上，我跟小朋友们一起做游戏、看动画片，吃园里发的饼干、牛奶，最后在老师的组织下洗漱，上床。盖好被子熄了灯，挺过这一夜，我就成功了。

然而，我并没有挺过。我望着漆黑的天花板，委屈地抽泣，越哭越汹涌，怎么抱、怎么安慰都没用，据说"哭到像要断气了一样"。最后没办法，老师还是把妈妈找来了。我提着原封不动的三大兜零食，雀跃地跟着妈妈回了家。

一进家门，我便一屁股坐在走廊上，开心地吃起零食来。妈妈站在我身后，很久没有说话。

那一次，她是怎么处理工作的，有没有引起麻烦，后续有什么影响，我当然是不知道的。但那之后，她再不曾提过让我住宿，她更加尽力地以我为优先地活着。

妈妈是个公认的才女，十五六岁时已在多家杂志、刊物发表文章，单位里最重要的稿件永远是她来执笔。连我都时常听人说，如果不是为家庭牺牲，她的事业远远不止今天这样。

而我虽没有遗传到爸妈的太多特长，但记忆力却好得吓人，所以四岁那个晚上发生的一切，至今都历历在目。当年的我顾不上回头关心她一下，如今回忆起来却仿佛能从空中看到一切：她站在幼小的女儿身后，沉默着，忧虑着，无助、自责，又不得不温柔地消化这一切的样子。

这画面令我难以言喻地心疼。那一年，她还不满三十岁。

妈妈的才华注定只能用在事业与家庭中的一个上，她选择了后者。

在“学区房”这个词还没诞生的二十年前，她几经辗转地把我们家搬到了一个神奇的地方——距离全市最好的小学和中学都只需走路十分钟的地方。为此，我们要忍受房屋老旧、地板生虫，甚至没有一个能让妈妈圆梦的宽敞厨房……换来的则是在住校生占三分之一的初中，我可以前脚放学，后脚就到家，到家后立刻有妈妈做好的晚饭，早上还能多睡一个小时觉。

十五岁那年，妈妈提议将来出国读大学，我欣然同意。

然而，当我升入那前不着村、后不着店的高中部，课业繁重不说，还全军事化管理，严禁手机，不许出校门，每周只能回家一天……从没离过家的我立马崩溃了。

我终日以泪洗面，一下课就跑去走廊打IC电话，跟妈妈哭诉我好想家，我不在乎念不念好学校、出不出国，我要转学，我要回家跟妈妈在一起……

妈妈只能不停地安慰我："现在心软了，将来你会怪我的。""连住校都忍不了，以后就做不成任何事了。"……然而道理讲尽，也阻止不了我的肝肠寸断。

第一个星期，哭了一整联面巾纸。

第二个星期，也哭了有两三包。

第三个星期，哭得少了，也不再疯狂地打电话了。

一个月后，彻底不哭了。

我回复那位姑娘的私信，想了很久，写下一行——"最开始，总是最难的"。

想起我刚学日语时，看着歪七扭八毫无记忆点的假名们，简直绝望。但咬紧牙关闯过去，往后就真的越来越轻松了。

学一门新语言也好，开始一种陌生的生活也罢，无论什么事情，迈出第一步都是个艰难的过程，既需要勇气，也需要忍耐。

你必须带着希望，相信翻过这座山会有不同的风景。你要从初来乍到、兵荒马乱，到慢慢融入，最后驾轻就熟。

高一下学期，我为了备考托福去北京补习。在新环境里结交着天南地北的新朋友，开心得要死。那一个多月里，跟家里的联络基本都是妈妈主动打给我。她还挺纳闷，才不到一年，怎么就从住不了校的爱哭鬼，变成四海为家的野丫头了？

高三毕业出国考学，自己决定学校和专业，自己负责生活中的一切。交一些有趣的朋友，也爱上与自己独处。然后，渐渐知道了自己的理想，把每个假期用在各个实习岗位上。回国两个月，能在家待上两周就不错了。

我知道，是妈妈的爱，亲手将我送上了一条越走越远的路。而在这条路上，我被赋予了更多机会，去找到自己想要的人生。

思绪被一阵通话声打断。

隔着几个座位之外，是个留学生模样的年轻女孩，卫衣、球鞋、马尾辫，背着相当于价值一个月打工薪水的LV包，带着浓重的口音，不耐烦地嚷嚷着："哎呀，知道了，知道了。我快上飞机了，再过几个小时就到啦！"

我看着这一幕，竟觉得还蛮可爱的。想起刚出国时，给妈妈打第一通电话报平安的情景。

她故作自然，我却能从第一个"喂"字就听出来她哭了。她装作没事的样子跟我提起，下班后习惯性地去家乐福买烤鸡腿，回到家拿出来才想起，还买什么烤鸡腿啊，吃的人都走了。据说，这件事她花了好几年才适应。

如果人生是一场电影，此处适合半屏分镜，左边是当年恋家哭哭啼啼、渴望母亲安慰的我，右边是此刻一双慈目望眼欲穿又不敢流露的她。如果亲子间的依恋也遵守能量守恒定律，那么随着我们渐渐长大，天平的角度会对调得越来越深吧。

登机时间到了，我跟着人群走进机舱。

这是个神奇的时代。在今天，你要去一座城，要见一个人，不用策马数月，不用颠簸冒死。那城里等你的人，也不用担心自己是否一等就是半辈子。

飞机腾空而起，这漫长旅途中被勾起的滚滚思绪，也余音未了地在我脑中发酵着。

小时候，觉得父母是超人，无所不能，天塌下来有他们扛。长大后，才明白原来超人也不过是芸芸众生中最普通的凡人，并没有打不垮的斗志、压不弯的脊梁。他们也曾年轻，也会恐惧、迷茫。他们所有的智慧和远见都是因你而生，他们的巅峰是你，底线也是你。

你会看到他们脆弱的样子：

爸爸去世时，妈妈才三十多岁，她每天早晚放邓丽君的《再见我的爱人》，独自在房间里抚摩过去的影集。

你会看到他们不光彩的样子：

中学时，我因为被班主任针对而不敢上学，妈妈便时常拿着厚厚的文件袋去办公室拜访，多年后，我自动明白了文件袋里装的是什么。

你会看到他们杞人忧天的样子：

高三出国前，妈妈担心单亲会不利于我拿到留学签证，而因此自责不安，尽管她根本没有任何过错。

你也会看到他们回归凡间，不再高大亦不再全能的样子：

当我们终于搬了家，有了宽敞高级的厨房，妈妈却得了腱鞘炎，提不起菜刀了。但她依然在每一次我回家时，用磨丝板和铲勺为我做出熟悉的味道。

所有这些，就是我们必须面对的。他们会生病，会衰老，会遭受慢性顽疾的折磨，会动了手术还瞒着不告诉你，会因为想念而时不时没话找话地与你搭讪，会苦于没有共同话题而冷不丁地发一些微信表情。

他们会渐渐地剥离“父母”的外衣，而仅仅是一个“尽力了”的老人。

三个半小时的航程转眼落地。

我迅速出关，跳上出租车，告诉司机：“去市府剧场。”

是的，这个让我昼夜赶工，几乎是要赖式地将四天出差压缩成三天，将航班终点改为中转，只为了能赶在此刻到达并留下过个周末的、我旅程的目的地，就是——家。

我脚下生风地走进小剧场，摸黑找了个座位坐下，看看节目单，大概还有五六组。

在经过了四十五分钟主旋律歌咏的洗涤后，我等待的队伍上场了。男士清一色藏青西装，女士是水蓝色长裙——像何仙姑一样的演出服，额前还垂着朵小花。站在第三排中间，个头小小的，皮肤白白的，眼睛大大的那个，就是我妈妈。

我走到过道上半蹲着拍照，引来不少中老年观众的侧目。台上的她好入戏，圆圆的小脸儿上两朵粉扑扑的腮红，时而笑得欢腾，时而坚定严肃。

二十多年前，我在幼儿园的文艺会演上跳《小鸭子》时，她也是这样兴奋地守在一边不停地拍照。二十年后，BP 机变成了 iPhone，拨号上网变成了无线 Wi-Fi，傻瓜相机变成数码微单，台上与台下的人对调了位子。而我要感谢岁月，不只是残酷地改变了我们的容颜和体能，也让一场美好的轮回来得及发生。

我不是阿甘，我的人生要平凡得多了。但天下的妈妈，都好像阿甘的妈妈。

她相信你是世上最好的孩子，她不因任何事而放弃你。她一生做你的灯塔，即便你总有一天不再需要她的指引。你有了你的星辰大海、你的梦想与航线，你可以为自己的生命负责，以自己的意愿选择一切。

今天的你可以站在任何地方：北上广的高楼，新马泰的沙滩，东京、纽约、洛杉矶的华丽办公室，或者希腊、塞班、夏威夷唯美的度假村。你也许追逐到了理想的山顶，也许遇到挫折正在谷底喘息，也许成功，也许并不顺利，但林林总总、高高低低，这一刻无论你站在哪里，都是踩着父母倾尽全力所搭成的阶梯。没有爱，你走不到这里。

阿甘妈妈的台词总令人深思。她不光告诉我们人生就像一盒巧克力，也在弥留之际留下了这段话：

“时辰到了，我的时辰到了。宝贝，别害怕。死亡是生命的一部分，是所有人命中注定的事。过去，我并不知道，但命中注定我做你的妈妈。我尽力了。”

我们都知道那个时刻必然会到来。

而我现在所做的一切，只是希望到那时，我作为留在世上的那一个，不会因为自己“没有尽力”而后悔。